NAD

Nadine Mousselet est une auteure de romans policiers. Après avoir étudié les sciences humaines et la psycho-pédagogie, elle devient professeur des écoles. Elle enseigne pendant huit ans en Belgique, son pays natal. Elle s'installe en France en 1986 et commence à écrire des nouvelles en 1999, dont certaines sont publiées dans la presse féminine. Son premier roman, *Chantage meurtrier à Avranches*, paraît en 2004. En 2006, elle publie le premier thriller de sa série « Une enquête de Laura Claes », *Scalpées dans la baie*, qui reçoit le Prix Ville de Trévières en 2007. Elle est également membre de la Société des auteurs de Normandie.

En 2025, Nadine Mousselet se lance dans l'aventure de l'édition nationale avec les éditions XO et Pocket. En mai 2025, paraissent simultanément *Meurtres cousus main* chez XO, *Scalpées dans la baie* et *Les Disparus de Tatihou* chez Pocket.

SCALPÉES
DANS LA BAIE

ÉGALEMENT CHEZ POCKET

NADINE MOUSSELET

SCALPÉES DANS LA BAIE

Une enquête de Laura Claes

POCKET

© Éditions Epona, 2018
© Pocket, un département d'Univers Poche, 2025
pour la présente édition
ISBN : 978-2-266-35183-6
Dépôt légal : mai 2025

CARNET (EXTRAIT)

Les mots ne suffisent pas à exprimer l'amour que j'ai pour toi.

Quand tu as compris ce que tu allais affronter, tu n'as pas crié.

Tes yeux se sont remplis de perles d'eau qui ont roulé sur ton visage,

Traçant des sillons de crainte dans le masque de confiance que tu voulais afficher malgré les circonstances.

D'un doigt tremblotant, tu as commencé à jouer avec tes cheveux

Me submergeant d'envie d'entamer un autre jeu.

Pardonne-moi cet impérieux désir

qui dans ta chair n'a fait que te faire souffrir.

Je voulais t'honorer une dernière fois

Et n'ai fait que te conduire vers le grand froid.

ASJ

Chapitre 1

Ce n'était pas un jour comme les autres pour la majorité de la population de Pontorson dans la Manche, bourgade tranquille plus rurale que citadine. On abordait la deuxième quinzaine de juin, ce qui signifiait pour beaucoup le début de ce qui est communément appelé la « saison » par les professionnels du tourisme.

La proximité du Mont-Saint-Michel provoquait le passage de nombreuses personnes dans l'unique rue commerçante, à la grande satisfaction des restaurants et des supermarchés du coin qui alimentaient largement en bière et en alcool les Anglais de passage, les tarifs pratiqués étant de loin inférieurs à ceux du Royaume-Uni.

Dans l'ensemble, la ville et ses alentours menaient une vie tranquille.

La gendarmerie du canton traitait les affaires courantes. Quelques dealers, des vols à la tire, des violences conjugales, rien que des délits mineurs à l'exception d'un viol à la sortie d'un bal populaire à la fin de l'été dernier et de l'explosion du centre des impôts, sans doute préparée par un mouvement autonomiste.

Il y avait eu aussi un trafic d'antiquités, puis un forcené qui avait abattu sa compagne avant de se donner la mort. La brigade avait alors fait appel à la section des enquêtes criminelles, mais rien n'avait filtré au niveau des habitants.

À vingt-cinq kilomètres de là se situait la ville d'Avranches avec son poste de police menacé de fermeture, son jardin des plantes et quelques beaux magasins dont certains affichaient des prix tellement exorbitants que le citoyen moyen se demandait qui pouvait bien s'offrir des vêtements à pareil prix.

Entre les deux villes s'étendait une partie de la baie réputée dans le monde entier. On y trouvait les fameux prés-salés où paissaient des troupeaux de moutons dont certains avaient la particularité d'avoir la tête noire. Il y avait aussi des polders, ces terres gagnées sur la mer où les paysans faisaient pousser soigneusement de fragiles cultures maraîchères.

C'est là que le groupe de femmes engagées par Louis Leroy pour cueillir des laitues à la fraîche fit en ce lundi matin une découverte qui les laissa marquées à jamais.

Germaine Marc'hadour marchait en tête du groupe. C'était une femme d'une cinquantaine d'années, qui toute sa vie avait trimé dur afin d'élever ses quatre enfants. Elle avait le sens des réalités. Pas grand-chose n'arrivait à l'émouvoir. Pourtant, quand elle bloqua d'un geste du bras le groupe de femmes qui marchait derrière elle, elle lâcha un cri, aussitôt repris par les autres :

— Doux Jésus ! Mon Dieu ! Quelle horreur !

Un bruit d'éructation derrière elle lui apprit inconsciemment qu'une des ouvrières était en train de rendre son petit déjeuner devant le spectacle qui s'offrait à leurs yeux, alors qu'une autre gémissait :

— Je dois m'asseoir. Je vais me sentir mal.

Sa copine n'eut que le temps de la soutenir alors que la brave femme tournait de l'œil.

— On ne peut pas la laisser ainsi !

— Ne touche à rien surtout !

Nathalie avait stoppé le geste de la Germaine qui, des larmes plein les yeux, avait commencé à retirer son châle pour couvrir un corps de femme qui leur barrait la route.

Le spectacle était ahurissant.

Le corps dénudé d'une très jeune fille était planté dans le sable, comme si son tortionnaire avait voulu l'exposer telle une œuvre ultime. On ne voyait rien de sa figure et de ses épaules qui étaient enterrées. La raideur cadavérique faisait que son tronc s'élevait vers le ciel, tendu, semblable à une planche. Ses jambes retombaient sur les côtés dans un mouvement qui aurait pu être joli en d'autres circonstances.

Du sang avait coulé de son vagin où était enfoncé un manche de parapluie. L'ombrelle ouverte offrait à la défunte un semblant de pudeur au-delà de la mort.

La voix tremblante, Nathalie reprit :

— Si tu la touches, tu vas enlever des indices ! C'est comme dans les livres. Il faut appeler la police. De toute façon, on ne peut plus rien pour elle. C'est évident qu'elle est morte.

— Tu as sans doute raison. Renvoie les filles au hangar pour téléphoner aux gendarmes, mais reste avec moi, s'il te plaît. On ne peut pas la laisser seule.

— Bien sûr.

Le groupe d'ouvrières ne se fit pas prier pour rebrousser chemin. Quelques minutes plus tard, le propriétaire des cultures arrivait, rouge, essoufflé d'avoir couru des bâtiments de conditionnement des légumes jusqu'au lieu du drame.

« Merde alors ! » fut la seule chose qui put sortir de sa bouche. Il s'éloigna pour cacher son trouble sous le regard compatissant de Nathalie et de Germaine.

Moins de dix minutes plus tard arrivait la première camionnette de gendarmerie. Ils furent obligés de finir le parcours à pied, l'endroit où se trouvait le corps étant inaccessible en voiture. Celui-ci était planté entre deux rangées de salades, presque grotesque sous les premiers rayons de soleil, qui faisaient briller les baleines du parapluie.

Le jeune gendarme qui conduisait fit demi-tour trop rapidement, blême sous son képi, en murmurant :

— Je vais prévenir le colonel. Nous allons avoir besoin de la section d'enquêtes criminelles.

Dans l'heure qui suivit, le champ de salades se transforma en une véritable ruche. Sur demande expresse du préfet, qui s'était déplacé personnellement, une collaboration étroite se mettait en place entre la gendarmerie et la police.

Des photographes spécialisés mitraillaient le corps sous tous les angles alors que les premiers techniciens de la police scientifique et de la section d'enquêtes criminelles recherchaient les indices, même infimes, susceptibles de livrer la moindre information.

Germaine et Nathalie, repoussées derrière un ruban de protection de scène de crime, racontaient aux enquêteurs leur macabre découverte. Bien que sous le choc, l'importance de leurs déclarations en faisait des vedettes d'un jour, si noir fût-il.

Nathalie, lectrice férue de romans policiers, amatrice inconditionnelle de films du même genre, ne croyait pas encore à sa chance d'être mêlée d'aussi près à une vraie enquête. Le traumatisme ne se trahissait que d'une seule façon, elle répétait sans cesse :

— C'est moi qui leur ai dit de ne rien toucher. J'ai bien fait, n'est-ce pas ?

Quant à Germaine, son instinct de mère était mis à rude épreuve.

— On voit qu'elle est si jeune. La pauvre ! Vous vous rendez compte. Je n'ose même pas imaginer le chagrin de sa mère. Qu'est-ce qu'elle a dû endurer… Vous croyez qu'elle a été violée ?

Le capitaine de PJ Fred Jumet, surnommé Surcouf par ses collègues en raison de ses origines, avait été rappelé en urgence de Saint-Malo où il passait quelques jours de vacances qu'il estimait mérités après l'affaire du tueur des chambres de bonnes dans la région parisienne. Il se retint de hausser les épaules. Il se devait de rester neutre, mais cette bonne femme commençait à l'agacer. Il la voyait déjà prendre le café avec ses copines, racontant pour la énième fois ce qui resterait sans doute le fait le plus marquant de sa vie banale de brave paysanne. Pourtant, cette fille était morte de façon atroce.

Il prit son ton le plus courtois pour répondre :

— Seul le légiste pourra répondre à cette question, madame. Au vu des circonstances, je vous demanderai pour le bien de l'enquête de garder votre témoignage secret, même vis-à-vis de vos proches et des médias qui bien sûr vont se jeter sur cette affaire comme un chien affamé sur un os. Vous voulez qu'on attrape le salaud qui a fait cela, n'est-ce pas ? Vous ne voudriez pas qu'il recommence, parce que croyez-moi, j'en suis certain, il recommencera.

— Bien sûr que je vais me taire ! Pour qui me prenez-vous ? La pauvre gamine ! Il faut la venger ! Je vais tout faire pour vous aider.

— Votre témoignage nous est d'une grande utilité, madame. Vous serez convoquée dans nos bureaux. Si vous voulez patienter encore un peu, un homme en tenue va prendre vos coordonnées.

Jumet s'éloigna, perplexe.

Cette affaire était de la dynamite. Si la fille était du coin, et que la population se mêlait de l'enquête, le meurtrier n'avait qu'à bien se tenir. C'était un coup à le retrouver suicidé par accident.

Il décida de demander une équipe de psychologues. Il fallait que ces femmes puissent évacuer leur charge émotionnelle.

Les techniciens s'étaient mis d'accord : ils allaient faire venir un légiste sur place. C'était inhabituel comme procédure en campagne, mais, vu la position très particulière du corps, il leur semblait utile que l'homme de l'art puisse faire ses premières constatations avant de déterrer la partie enfouie sous le sable. Pour l'instant, l'inconnue n'avait pas encore de visage. Cette dépersonnalisation de l'adolescente avait un côté perturbant pour les enquêteurs.

C'est Lambert, le légiste d'Avranches, qui arriva près d'une heure plus tard. Il était petit et rondouillard. Lorsqu'il intervenait sur un cadavre, ses assistants se demandaient comment ses mains boudinées pouvaient avoir des gestes aussi précis. C'était un joyeux drille, poussant parfois la plaisanterie un peu loin, comme le font souvent les individus appartenant à un corps de métier ayant à affronter la mort au quotidien.

Cependant, cette fois-ci, aucune blague à quatre sous ne franchit ses lèvres. Il salua les enquêteurs d'un geste circulaire, s'équipa comme les techniciens de surchaussures, d'un bonnet, de gants et d'une combinaison en non-tissé, jetable et résistante. Il enfila par-dessus un tablier en plastique vert et des lunettes comme celles qu'utilisent les soudeurs. Il devait se protéger de la moindre projection d'humeurs corporelles. Les maladies virales apparues dans les années 1980 ne laissaient pas de place aux imprudences.

Il s'assura de savoir si les photos avaient été prises, puis d'un commun accord avec ses assistants décida que le parapluie serait juste refermé pour plus de commodité, mais qu'il serait extrait en salle d'autopsie.

Il ne fut pas simple de replier l'engin, le fermoir étant gluant de sang. Des échantillons furent méticuleusement prélevés, enfermés dans des éprouvettes qui furent à leur tour mises à l'intérieur de conteneurs en polystyrène destinés à les protéger de la casse et des trop grands changements de températures.

Vint alors le moment de sortir la jeune fille de sa position si dégradante.

Sous les ordres du médecin, deux hommes soutinrent les jambes, un autre le tronc, pendant que, le plus délicatement possible, deux techniciens armés de petites pelles en tissu afin de ne pas abîmer les chairs entreprenaient de libérer les épaules et la tête de leur carcan de sable.

Au fur et à mesure de l'état d'avancement de leurs travaux, les visages devinrent livides. Un des hommes demanda même à céder sa place à un autre. La vision qui apparaissait était vraiment trop insoutenable.

De l'autre côté du ruban, Germaine et Nathalie, dans les bras l'une de l'autre, chassaient leur angoisse afin de satisfaire leur curiosité morbide. Elles ne pouvaient pas rêver mieux. Quand enfin les hommes étendirent le corps sur le sol, Jumet lâcha :

— Nom de Dieu ! Il l'a scalpée !

****

Chapitre 2

Le corps reposait sur une table en acier de la morgue. Le soir tombait. Lambert finissait son triste travail. Il avait fait son possible pour effacer l'expression terrorisée que gardait la jeune fille au-delà de la mort. La famille, si on arrivait à identifier le corps, ne devrait jamais voir ce visage. Aucun proche ne supporterait d'imaginer les souffrances endurées par l'adolescente.

Le capitaine Jumet, en tant qu'officier de PJ, assistait à l'autopsie afin de rédiger le procès-verbal contenant les conclusions du légiste. Le rapport de Lambert était on ne peut plus clair.

La mort remontait au 17 juin entre vingt-trois heures et minuit, c'est-à-dire l'avant-veille de la découverte du cadavre.

La jeune fille, qui était vierge avant de rencontrer son meurtrier, avait été violée et sodomisée. Le tueur, sans doute au fait des possibilités de la police scientifique, avait utilisé une protection. Le vagin ne contenait pas de sperme, mais des traces de vaseline ordinaire et de gel lubrifiant.

Elle était morte de l'enfoncement du parapluie, qui avait perforé la paroi vaginale, provoquant une hémorragie interne.

Son corps portait de nombreuses meurtrissures tendant à démontrer qu'elle s'était débattue. Des ligatures au niveau des articulations prouvaient qu'elle avait été attachée.

Lambert avait prélevé d'infimes particules sur les poignets tailladés. Les fibres indiqueraient, après analyse, quel type de liens avait été utilisé. Avec un peu de chance, cela donnerait un début de piste. Dans le même but, il avait prélevé des fils de tissu entre les dents, qui signifiaient qu'elle avait été bâillonnée.

Son état général devait être bon. Les analyses physiologiques et organiques le confirmeraient ; quant aux analyses toxicologiques, elles indiqueraient si elle avait consommé de la drogue, de l'alcool ou des médicaments.

Sans être plein, son estomac contenait assez de substances pour indiquer qu'elle avait pris un dernier repas avant de mourir.

Les blessures, de différentes natures, avaient été infligées *ante mortem* sauf le scalp. Malgré sa longue expérience, Lambert n'avait jamais vu un pareil travail. Cela avait été fait méticuleusement, ne laissant aucun reste de peau ou de chair. La boîte crânienne était à nu, ne gardant que quelques traces sanguinolentes.

L'odontologiste passa la porte battante en brandissant un dossier cartonné marron.

— C'est bon. Je la tiens. Les empreintes dentaires ont parlé. Il s'agit de Nelly Drumont, fille de Patricia Joris et de Luc Drumont, née à Caen le 18 novembre 1983.

Elle n'avait que 16 ans ! Un mètre soixante-cinq, yeux bleus, cheveux blonds. Signalée disparue le 25 mai dernier. Elle est allée au lycée, l'a quitté à seize heures trente. Elle n'est jamais arrivée chez elle. Voici sa photo.

Lambert prit l'épreuve et l'étudia avec attention, se demandant ce qui avait pu motiver la disparition de cette fille-là plutôt qu'une autre. La réponse sautait aux yeux en faisant une simple comparaison entre la pauvre petite chose qui reposait sur la table d'autopsie et la jeune fille rayonnante qui souriait sur la photo couleur.

Sur les épaules de la lycéenne s'étalait une magnifique chevelure. D'épais cheveux d'un blond doré naturel ondulaient avec un mouvement qui donnait envie de toucher cette masse qui ne pouvait être que soyeuse.

— On est tombé sur un vrai dingue ! Ce type va recommencer. J'appelle le juge. On organise une réunion d'urgence avec les flics, les gendarmes et tout le toutim.

****

Dans une salle du palais de justice d'Avranches se tenait la réunion d'urgence à la demande du légiste chargé de l'affaire déjà surnommée « du scalpeur ». Autour d'une table ovale en merisier, rayée par le passage continu de multitudes de dossiers, de crayons et d'ordinateurs portables, se tenaient côte à côte l'adjudant-chef Bricart de la gendarmerie de Pontorson, le premier arrivé sur les lieux, son chef, le colonel Sampoix, ainsi que l'OPJ Jumet, le commissaire Hugues d'Avranches et le divisionnaire Le Bail. Il y avait aussi les responsables des services techniques et scientifiques et le légiste Lambert. Enfin, ceux que les autres qualifiaient d'« huiles », le juge d'instruction en charge de l'affaire et le préfet.

C'est ce dernier qui lança la discussion.

— Messieurs, nous nous trouvons devant une situation qui me donne les plus vives inquiétudes. Le cas de Mlle Drumont, qui a subi des sévices particulièrement odieux, doit être résolu dans les plus brefs délais. En dehors de l'image que cela peut donner de nos forces de police et de gendarmerie qui, d'après la presse locale de ce matin, n'ont, je cite, pas été capables de retrouver cette jeune fille après sa disparition, nous nous trouvons devant un risque potentiel élevé de récidive. J'ai consulté nos spécialistes. Ils semblent tous d'accord sur au moins deux points :

« Primo, ce type a vraisemblablement déjà tué. Il semblerait qu'il est rare de trouver des actes d'une telle barbarie lors d'un premier crime ;

« Secundo : s'il n'en est pas à son premier meurtre, il paraît tout aussi évident qu'il va recommencer, à la recherche de nouvelles sensations.

« Alors, messieurs, où en sommes-nous, qu'avez-vous trouvé, que proposez-vous ?

Ce fut le divisionnaire qui prit la parole après un signe de connivence avec le colonel de gendarmerie.

— Nous allons, le colonel Sampoix et moi-même, en accord avec Jumet et Bricart, vous exposer nos premières constatations et résultats, puis vous proposer une ligne d'enquête. Voulez-vous commencer colonel ?

— Je vous en prie…

— D'après le rapport d'autopsie, nous savons que Nelly Drumont était morte au moins trente-six heures avant que nous la découvrions. Puisqu'elle avait disparu depuis le 25 mai, nous pouvons en conclure qu'elle a été séquestrée pendant vingt-trois jours. Il semblerait que ce qu'elle a enduré, elle ne l'a connu que juste avant de mourir. Pendant sa captivité, elle a été attachée mais nourrie correctement et abreuvée. Elle a été violée, mais nous n'avons aucune substance comme du sperme ou de la salive du meurtrier, ce qui nous aurait permis de connaître son ADN pour l'identifier à coup sûr, le jour où nous aurons un suspect potentiel. Nous n'avons trouvé ni cheveu ni poil autour du corps. Le rapport d'autopsie ne signale pas non plus de poils pubiens autres que ceux de la victime, et ce, bien qu'il y ait eu viol constaté.

« La nature très particulière du scalp nous a fait mettre en œuvre la vérification de toutes les populations fichées, ayant déjà eu affaire à la justice, issues de tribus où ce rite se pratiquait, voire se pratique encore, bien que cela ne soit plus autorisé par aucun gouvernement. Il y a également les perruquiers, les coiffeurs, les créateurs de marionnettes.

« Dans le même ordre d'idée, nous vérifions toutes personnes des régions limitrophes en plus de la Manche, ayant été appréhendées pour viol, agression sexuelle, voyeurisme ou simplement coup de fil obscène.

« Nous vérifierons aussi les emplois du temps des prisonniers en conditionnelle ou en permission de sortie, de même que les pensionnaires des différents centres hospitaliers spécialisés en psychiatrie dans un rayon de deux cents kilomètres.

« Vous imaginez la charge de travail que cela représente.

« C'est pourquoi nous souhaitons, le colonel Sampoix et moi-même, la création d'une cellule qui, sans souci des affaires courantes, pourra se consacrer uniquement à la résolution de cette affaire.

« Il nous faut des hommes, des ordinateurs équipés de logiciels puissants, capables de faire des recoupements entre des faits qui paraîtraient anodins à l'œil humain. À vous, colonel !

— On peut dire qu'à ce jour, que nous appellerons J1, nous n'avons aucun élément autre que le rapport d'autopsie. L'individu n'a pas laissé d'indices à l'endroit où il a déposé le corps. Je dis « déposé », car nous pouvons affirmer que Nelly Drumont n'a pas été tuée dans le champ de salades où elle a été découverte. Il n'y avait aucune trace de sang, sauf celui qui avait coulé de la blessure causée par le parapluie, ou de lutte. Or les blessures infligées, notamment le scalp, auraient dû laisser des traces importantes.

« Le chemin de sable menant au champ comportait tellement d'empreintes de chaussures différentes que, bien que des vérifications soient en cours, il va probablement être impossible de différencier celles des ouvriers et ouvrières de l'entreprise maraîchère de celles d'un suspect. Quant au chemin carrossable le plus proche, il est goudronné sur sa première partie et couvert de gravats épais sur son dernier tronçon qui n'est en réalité pas complètement terminé. Donc, pas de possibilité de relever des traces de pneus. Dans l'état actuel des choses, on pourrait avoir l'impression qu'elle est arrivée là sans aide. Il reste une autre possibilité d'approcher le champ, par le Couesnon qui coule à une centaine de mètres en contrebas. On s'occupe de vérifier les embarcations des riverains.

Si l'une d'elles a servi, elle pourrait garder des traînées de sang. L'hémorragie provoquée par le parapluie ne pouvait être qu'importante. Le fait de porter la victime aurait dû provoquer immanquablement des écoulements de sang par les voies génitales. À moins qu'il ne l'ait enveloppée dans quelque chose d'étanche, ce qui aurait pu lui éviter de laisser des indications quant à son triste passage.

« Notre homme s'est donné la peine d'une mise en scène macabre. Il a pris son temps. Creuser le trou destiné à enfouir la tête et les épaules a demandé un certain laps de temps où il était certain de ne pas être dérangé. L'a-t-il fait en ayant le cadavre à ses côtés – le sol ne garde aucune empreinte de corps couché – ou bien est-il venu dans un premier temps creuser son trou pour y déposer ensuite son macabre colis dans le courant de la nuit, en tout cas avant l'aube, le corps présentant des gouttes de rosée ?

« Personnellement j'opterais pour cette deuxième solution.

« Au vu du nombre de jours où Nelly Drumont a été captive, on peut penser que l'homme possède ou loue un endroit tranquille, probablement une maison isolée. Il n'aurait pas pu la rentrer ou la sortir sans se faire remarquer s'il avait eu des voisins. Dans nos villages, tout le monde sait ce qu'il se passe chez le voisin.

« S'il l'a torturée à domicile, on peut supposer qu'il vit seul. Une épouse ou des parents auraient forcément entendu ou vu quelque chose, surtout sur un laps de temps aussi long. Il l'a quand même gardée plus de trois semaines.

« Voilà, messieurs, où nous en sommes. Toutes nos équipes s'activent, la population nous est acquise, ce qui est une aide précieuse. Bien entendu, il va y avoir des témoignages fantaisistes, mais nous avons des spécialistes qui font le tri.

Les « huiles » s'entendirent pour annoncer qu'à partir de J2 la cellule de crise serait en place. Il fallait maintenant attendre les premiers résultats d'enquêtes de routine. À moins d'un coup de théâtre, ce sont souvent les détails qui font le résultat. Fallait-il encore les collecter aux bons endroits.

Ce fut l'OPJ Fred Jumet qui fut désigné comme coordinateur de l'enquête pour la police et l'adjudant-chef Joël Bricart pour la gendarmerie.

Le juge mit à leur disposition salle et matériel informatique. Le soir même, ils prenaient leurs quartiers à Avranches.

****

Chapitre 3

Nous nous amusions comme des collégiennes. Nous étions pourtant totalement différentes.

Cynthia, 22 ans, belle comme un cœur, papillonnant d'un amour à l'autre, commençant à se demander si le prince charmant n'était que légende ou s'il possédait une part de réalité, et moi, divorcée, remariée, ayant eu trois enfants dont deux déjà volaient de leurs propres ailes alors que la dernière s'essayait à des battements encore maladroits sur le bord du nid.

Cynthia n'avait qu'un an de plus que mon aîné. Si celui-ci avait eu un don en psychologie, nous aurions pu nous retrouver sur les bancs de cette fac de Caen où j'avais décidé de reprendre des études alors que ma fille rentrait au collège.

Le premier jour de cours, je m'étais sentie déphasée. L'amphi débordait de jeunesse colorée et exubérante. Quant à moi, moins fière que mon jour de rentrée en maternelle, je m'étais mise dans le coin le plus reculé en espérant que personne ne remarquerait ma présence. Évidemment il y avait eu un petit malin pour lancer :

— Eh mamie, c'est pas l'université du troisième âge ici !

J'allais me racrapoter encore un peu plus en me demandant ce que je faisais là, lorsque Cynthia, assise trois rangs devant moi, l'avait vertement remis en place :

— Dis pas de connerie, Lulu. Si toi, tu continues à repiquer, elle aura sa licence avant toi !

Je l'avais remerciée d'un sourire et tout naturellement, à la fin du cours, nous nous étions retrouvées devant le distributeur de boissons fraîches.

— Merci pour tout à l'heure. C'est vrai que je ne me sens pas encore à l'aise, mais j'espère que cela va s'arranger.

Elle m'avait dévisagée longtemps. Son examen dut être favorable, mais se nuança de méfiance quand ses yeux tombèrent sur mon alliance en diamant.

— Vous savez des bourgeoises qui veulent s'encanailler à la fac, il y en a tous les ans. Alors certains les charrient. En général, elles ne sont pas vraiment motivées. Les meilleures tiennent jusqu'à Noël, puis on ne les revoit jamais.

— Croyez-moi, j'irai jusqu'au bout.

— C'est bien ainsi que je l'avais senti. Après tout, on est censées être psychologues, sinon que ferions-nous ici ?

Nous avions ri et une amitié s'était ébauchée. Au cours des années qui suivirent, elle devint solide. Nous savions dorénavant que nous pouvions compter l'une sur l'autre sans faillir.

En parallèle, nous avions décroché notre DEUG. Nous avions alors préparé la licence. Là, c'était le grand jour. Ce matin-là, je présentais mon mémoire. Cynthia présenterait le sien le lendemain. Elle avait choisi comme thème : « Psychopédagogie appliquée aux méthodologies de l'enseignement ».

Lors d'une vie antérieure, celle de mon premier mariage, je vivais et travaillais en Belgique où j'avais suivi deux ans de psychopédagogie afin de me préparer au métier qui était à cette époque ma vocation : l'enseignement en primaire.

Forte de mes études et de dix ans d'expérience comme institutrice, ce type de recherches semblait créé pour moi. Pourtant, je n'en avais pas voulu, repoussant sans doute un passé dont je ne voulais plus. Par contre, je pouvais largement conseiller Cynthia. Nous travaillâmes donc souvent ensemble.

Quand il avait fallu choisir le sujet de mon mémoire, j'y pensais depuis longtemps.

Pendant mon enfance, un violeur avait sévi à Bruxelles, ma ville natale. La télévision donnait force détails et mettait la population en garde face à ce phénomène nouveau pour une ville où la criminalité se limitait à la pègre locale. Des témoins l'ayant aperçu vêtu d'un imperméable en gabardine beige, il fut surnommé « le violeur à l'imperméable ».

Un jour, l'homme avait franchi sa limite : il avait tué sa victime. La suivante, il l'avait aussi mutilée. La psychose atteignait la population : aucune femme n'osait plus s'aventurer seule dans la rue à la nuit tombée.

Élevée par une mère divorcée et une grand-mère dont l'époux passait la majorité de son temps au travail, mon univers matriarcal n'avait de cesse de me mettre en garde contre ce nouvel Harvey Glatman[1].

---

1. Sadique sexuel ayant sévi à Los Angeles. Arrêté grâce à une de ses victimes qui parvint à s'emparer d'une arme, il est exécuté le 18 septembre 1959 en chambre à gaz.

L'homme fut finalement appréhendé par hasard lors d'un contrôle de routine chez des prostituées, où il cherchait sa prochaine victime, trahi par son inséparable gabardine.

Âgée alors d'une dizaine d'années, je ne regardai plus les hommes seuls, surtout s'ils étaient vêtus d'un imperméable, de la même façon.

Cette histoire était toujours restée ancrée dans un coin de ma tête, ravivée occasionnellement par les exploits pervers de tueurs ou de violeurs en série. Amatrice de livres documents écrits par des policiers ou autres agents chargés de débusquer le criminel, j'en vins naturellement à me poser des questions sur le cheminement de ces hommes hors normes. Pourquoi agissaient-ils ainsi ? Quelles étaient leurs motivations ?

C'est ainsi que je proposai comme titre de mémoire : « Psychologie et fonctionnement du tueur en série ».

Comme ce genre de travail nécessitait une force mentale considérable, il ne fut accepté qu'à l'unique condition de suivre en parallèle une thérapie à la suite de chaque crime que je serais amenée à décortiquer.

J'entrepris alors de monter mon dossier d'abord sur des cas anciens étudiés par ce que l'on appelle des « profilers ». Il s'agissait d'agents du FBI qui avaient mis au point une technique de profilage permettant de cerner la personnalité d'un criminel par l'étude de sa « signature » et de son mode opératoire.

Si j'en avais eu les moyens, j'aurais aimé faire une demande de stage à Quantico, à l'Académie du FBI en Virginie, dans les services créés par le fameux John Douglas dans les années 1970[1].

---

1. John Douglas, agent du FBI, créateur du *profiling* aux États-Unis.

Malheureusement, même si je ne faisais pas partie des plus pauvres, ni des plus mal lotis, mon train de vie ne me permettait cependant pas de partir pendant plusieurs mois aux États-Unis sans y avoir de travail.

Je devrais donc me contenter de la France et de ses pays limitrophes.

Il y avait déjà de quoi faire. Même si le tueur européen ne fonctionne pas de façon identique à l'américain, il y a de quoi travailler pour une personne décidée à aller au bout des choses.

Afin de m'imprégner de façon concrète des circonstances menant au crime, je m'inscrivis en auditeur libre à l'institut de criminologie.

En dehors des cours théoriques, j'assistai aussi à une autopsie. L'état de la jeune fille reposant sur la table me convainquit, s'il le fallait, que, si peu que ce soit, je me devais d'arriver à faire quelque chose de concret. Même si mon travail ne devait sauver qu'une vie ou arrêter un de ces salauds, mon passage sur cette terre n'aurait pas été vain.

J'avais donc travaillé d'arrache-pied, remarquant au passage que les responsables de la police française avaient tendance à considérer le profiling comme un jeu de hasard où l'on ne gagne qu'avec de la chance, non avec ses compétences.

J'en voulais pour preuve que seule une femme travaillait comme psychocriminologue dans ce pays, le plus souvent à la demande des juges plutôt que des policiers. Elle travaillait donc sur dossier, sans contact avec ce qui me semblait essentiel pour s'imprégner de l'esprit du tueur : la scène de crime.

Une profileuse sud-africaine disait que le vent lui parlait. Un ancien commissaire parlait de l'ambiance, les bruits alentour, ce qui auditivement pouvait devenir un élément déclenchant lors d'un meurtre. Cela, le dossier le mieux construit, les meilleures photos ne peuvent le rendre.

J'arrêtai mes cogitations. Il était temps de se rendre dans l'amphi. Je devais défendre mon travail devant un jury qui n'avait aucune raison de me faire le moindre cadeau.

Quand j'entrai dans le hall, Cynthia était là, tenant un thé à la main.

— Tiens bois ça. Il ne s'agit pas de perdre la voix !

Quand je lui avais parlé de mon idée, elle avait poussé de hauts cris.

— T'es complètement folle. Comment peut-on s'occuper d'horreurs pareilles ? D'ici peu, quand ton mari sera en déplacement, tu ne fermeras plus l'œil de la nuit ! Tu vas trembler pour ta fille dès qu'elle aura cinq minutes de retard et tu regarderas chaque mec avec suspicion. Ne m'en veux pas, mais je ne me sens pas la fibre pour t'aider. Si je dois lire des rapports où l'on décrit tout ce que ces filles ou enfants ont dû subir, je vais dégobiller à chaque page.

Connaissant son dégoût du sujet, je lui étais d'autant plus reconnaissante de se trouver là pour me soutenir.

Elle me tendit un journal.

— Tiens, ça va t'intéresser. En plus, cela se passe à côté de chez toi. Lis ça en vitesse, ils sont capables de te poser des questions là-dessus.

Depuis trois jours, j'avais loué une chambre à l'hôtel BB afin d'éviter la fatigue de la route quotidienne entre Pontorson et Caen. Toute à mon travail de fin d'études, je n'avais pas allumé la télévision une seule fois.

Dans ce cas précis, cela aurait été une lacune importante concernant ma connaissance générale de l'actualité en rapport direct avec mon thème.

— C'est pas vrai ! J'y crois pas. Cynthia, tu es ma sauveuse. Tu as raison, c'est une véritable horreur.

Un journaliste était parvenu par un moyen sûrement illégal à se procurer une photographie du corps planté au milieu d'un champ de salades. L'image faisait la une. Le titre était percutant : « Elle était scalpée ! »

Suivait l'article détaillant la découverte du corps ainsi que les premières constatations de police et gendarmerie. À l'impression du journal, l'identité de la victime n'était pas encore connue.

J'eus juste le temps de lire l'article avant l'appel de mon nom.

Cynthia me souffla un « merde » encourageant puis rejoignit une place dans l'amphi. Elle tenait à assister à ma prestation.

Descendre l'escalier qui menait devant le jury était en soi une épreuve.

Habituée à vivre en jeans et en chaussures confortables, j'avais voulu pour la circonstance faire BCBG, arborant un classique tailleur bleu marine complété par des escarpins à hauts talons. Je me sentais gauche, maladroite jusqu'à rater une marche. Je me rattrapai de justesse avant l'étalage final de ma personne sur le parquet ciré. Un des membres du jury, relativement jeune, disons d'à peu près mon âge, ne put retenir un sourire narquois, ce qui eut le don de me mettre en rogne. Si cela ne me rendit pas mon assurance, cela me fouetta, ce qui me permit de me lancer dans la défense de mon mémoire.

Je parlai pendant une bonne heure. J'achevai mon exposé quand j'eus une pensée émue envers Cynthia en entendant le jeune pédant lancer :

— Que pensez-vous de l'affaire de Pontorson ?

— Cela s'est passé avant-hier, monsieur. Depuis, je n'ai eu accès qu'à la presse régionale. Cependant, au vu de ce que j'ai pu lire, il me semble que l'on peut tirer au moins deux conclusions se basant sur des faits concrets.

— Je vous écoute.

— La jeune fille a disparu environ trois semaines avant la découverte de son cadavre. Elle a été torturée. Je pense que cet homme est organisé. Il a méticuleusement préparé son coup. Je crois aussi qu'il habite un endroit isolé, ce qui lui a permis de garder cette jeune fille aussi longtemps.

— Que pensez-vous du scalp ?

— A priori, sans renseignements précis, il peut y avoir plusieurs raisons.

Cette phrase ne voulait pas dire grand-chose mais permettait à mon cerveau en ébullition de prendre quelques instants de répit avant de formuler une réponse qui se devait d'être correcte. J'avais les oreilles qui sifflaient. Quand je repris la parole, j'eus l'impression de m'entendre depuis l'autre bout de l'amphi.

— En fonction de ce que je viens de vous dire, je pense que c'est un psychopathe doublé peut-être d'un fétichiste. S'il l'a scalpée, c'est afin de garder quelque chose d'elle, ou se remémorer des satisfactions qu'il a eues avec pareille chevelure qui, j'imagine, doit être longue et soyeuse. Les cheveux ont un côté sensuel. Il peut reprendre son plaisir juste avec le scalp, parce que ce qui l'excite chez une femme, ce sont avant tout les cheveux.

« Je crains qu'il ait sans doute déjà tué, mais sans oser mutiler. Je suis à peu près certaine qu'il recommencera. Il a commencé une collection qu'il va vouloir agrandir.

— Très bien, madame. Nous vous remercions, nous allons délibérer.

C'est le président du jury qui avait parlé.

Je remerciai d'un signe de tête, sortis en titubant de fatigue, sous le coup de l'émotion et de la tension nerveuse.

Cynthia était là.

— T'as été formidable, ma vieille ! Y a plus qu'à attendre.

— Formidable peut-être. N'empêche que sans ton journal, je me plantais royalement. Je n'aurais pas su de quoi il parlait, ce mec !

L'attente de la fin de la semaine et de la proclamation des résultats fut longue.

Enfin la liste fut affichée. Nous étions reçues, Cynthia et moi, obtenant toutes deux la mention très bien.

Il ne me restait qu'à trouver un job. J'aurais préféré que ce fût dans d'autres circonstances.

****

Chapitre 4

Je commençais à me faire du mauvais sang, quand Cynthia apparut au détour du chemin menant à mon garage. Elle était juchée de façon comique sur un ancien scooter ayant appartenu à mes fils. Sa position me rappela dans un éclair de mémoire la réflexion d'un de mes professeurs d'équitation ayant fait ses classes à Saumur.

« On dirait un crapaud sur un verre de lampe », hurlait-il quand un cavalier n'avait pas la position académique qu'il souhaitait lui voir tenir.

Le fringant destrier de mon amie pétaradait péniblement, ce qui me fit penser qu'il aurait du mal à terminer le mois de vacances qu'elle venait d'entamer chez moi.

— Tu as trouvé ? interrogeai-je en hurlant pour couvrir le bruit de l'engin.

Elle coupa le moteur à cet instant précis. Dans le calme soudain revenu de la campagne, ma voix parut tonitruante.

L'hirondelle retardataire qui nichait sans complexes à l'intérieur de l'atelier s'envola avec un cri effarouché par la porte qui restait ouverte à sa seule intention, au grand dam de mon mari qui voyait ses outils se souiller de déjections avicoles.

— Bien entendu ! Eh ! Je suis une grande fille ! Je suis capable d'aller chercher une super baguette chez ton boulanger. Pour qui me prends-tu ? Tu me rappelles ma mère.

Au fil de nos années d'études, c'était devenu une plaisanterie presque rituelle. Quand elle estimait que je la couvais trop, Cynthia me remettait gentiment à ma place en me stipulant par une remarque plus ou moins cinglante suivant son humeur qu'elle était indépendante et non ma fille. C'était plus fort que moi. J'avais une tendance que certains auraient qualifiée de paranoïaque à m'inquiéter pour ceux qui me sont chers.

Nous nous installâmes devant le pain frais accompagné d'un délicieux chocolat chaud. Nous entreprîmes de prendre un copieux petit déjeuner.

Mon mari, pilote d'hélicoptère, était en stage de qualification sur un autre type d'appareils que ceux actuellement utilisés par la Sécurité civile. Ma fille était en Bretagne, en vacances chez son père.

Les parents de Cynthia étant partis faire le voyage de leur vie, trois semaines en Chine, mon amie se retrouvait seule dans un appartement confortable, certes, mais bien triste, alors que le mois de juillet s'annonçait ensoleillé. Je lui avais donc proposé d'unir nos solitudes. Cela lui permettrait de profiter de ma maison qui offrait à la fois les charmes de la campagne et la proximité de la mer.

Elle était arrivée depuis une huitaine de jours. La veille, nous avions papoté comme deux adolescentes jusqu'à une heure avancée de la nuit. Nous avions évidemment fait la visite incontournable du Mont-Saint-Michel.

Nous désirions voir autre chose que la rue commerçante avec ses boutiques de souvenirs offrant aux badauds de tous horizons les éternels objets faits de coquillages collés ou de Monts miniatures enfermés dans une boule d'eau se transformant en neige lorsqu'on les retourne.

Nous nous étions donc inscrites à une visite guidée avec conférencier. Le prospectus nous promettait des merveilles qui ne nous avaient pas déçues. Après la visite, malgré une certaine réticence de ma part, Cynthia avait tenu à se baigner dans le Couesnon, nonobstant les risques de marées et d'enlisement qui tous les ans mettaient des vies en danger. Heureusement, elle était excellente nageuse : elle s'en était sortie sans dommage, mais non pas sans remontrances de la part d'un pompier affecté à la sécurité du site.

En cette mi-juillet, il y avait quelques jours de marée à grand coefficient. Dès cet après-midi, nous allions ramasser coques et palourdes, peut-être même quelques étrilles. De quoi se préparer des coquillages farcis au beurre d'ail, voire une soupe de poisson. Nos instincts primaires reprenaient le dessus : nous étions excitées à l'idée de manger les produits de notre propre pêche.

Nous partîmes donc en début d'après-midi avec mon break. Nous allâmes à Donville-les-Bains. J'y avais mes habitudes, la base hélicoptère de la Sécurité civile, lieu de travail de mon époux, se trouvant à côté de cette cité balnéaire très appréciée des Parisiens.

Équipées comme des pros, de seaux, râteaux et épuisettes, nous nous livrâmes à notre plaisir jusqu'à ce que le vol de l'Alouette 3 nous rappelle que la marée allait remonter à toute vitesse. La légende disait « à la vitesse d'un cheval au galop ». Sachant qu'un cheval peut atteindre cinquante kilomètres/heure, c'était exagéré. Cependant, les cinq kilomètres/heure enregistrés au moment du flot sur un terrain extrêmement plat ne laissaient pas beaucoup de chance aux imprudents qui se laissaient surprendre sur des îlots de sable où ils se sentaient en sécurité alors qu'ils étaient déjà entourés par la marée montante. En tant qu'épouse de pilote allant ramasser tous les ans ces inconscients parfois à la limite de l'épuisement pour avoir lutté contre la marée, quand ce n'était pas des cadavres, je n'hésitai pas un instant à lancer le signal de retour.

Notre récolte était plutôt bonne. Nous étions fières de nous, malgré les coups de soleil et des jambes raides comme du bois, rançon de mouvements inhabituels pour nos corps plus rompus aux bancs d'amphi qu'à l'activité sportive.

Il nous fallait maintenant faire les soixante kilomètres qui nous ramèneraient au bercail. Je fus prise d'une flemme intense à l'idée de nettoyer tous ces coquillages. Nous décidâmes d'un commun accord de nous arrêter au McDo et de garder notre butin pour le lendemain. Puis nous rentrâmes, moi épuisée, Cynthia en pleine forme.

— Si on allait danser ce soir ?

— Outch ! Parle pour toi. Moi, je n'en peux plus. Vas-y si tu veux. Il y a une boîte le long de la quatre-voies.

— Oui, je l'ai repérée au passage. C'est ce qui m'a donné l'idée. Comment sont les mecs par ici ?

— Comme partout, j'imagine ! Tu sais, moi, je suis amoureuse. Je ne regarde pas ailleurs.

— Tu crois qu'un jour je serai amoureuse au point de ne pas regarder ailleurs ?

— C'est tout ce que je te souhaite. Cela en vaut la peine si c'est réciproque. Tu sais, le grand amour, cela arrive quand on s'y attend le moins, parfois beaucoup plus tard qu'on ne l'aurait voulu. Quand il est là, il faut le saisir. Fais attention, ne tombe pas amoureuse de l'amour. C'est le cas de beaucoup de filles. Les garçons leur font du gringue parce qu'ils ont envie d'elles. Alors, elles se laissent avoir en beauté, puis un jour ou l'autre, elles tombent de haut, malheureusement en se faisant toujours très mal.

— Promis mamie ! lança-t-elle en riant.

Quand elle fut partie, je me fis couler un bain. Avant de m'y glisser, je m'observai sans concession dans le miroir en pied que j'avais acheté quelque temps auparavant.

La quarantaine arrivant, je commençais à me battre contre les misères de l'âge. Je m'étais procuré depuis peu une super crème hors de prix, censée effacer les rides d'expression qui se dessinaient impitoyablement autour de mes yeux. Ceux-ci, fragiles parce que bleus, me réclamaient des lunettes pour la lecture ou les travaux d'écran, ordinateur ou télévision. J'avais eu trois enfants qui avaient subrepticement épaissi ma silhouette. J'estimai qu'afin de retrouver ma ligne de jeune fille il me faudrait perdre cinq bons kilos, mais évidemment, c'étaient ceux qui s'accrochaient malgré les régimes que proposaient régulièrement mes magazines préférés. L'an dernier, j'avais fait raccourcir mes cheveux châtain clair. Cette coupe, légèrement sauvageonne, me donnait parfois l'air d'une femme-enfant dont je ne me sentais pas vraiment l'âme tout en étant féminine jusqu'au plus profond de moi. Je n'avais aucune sympathie envers les femmes qui se prenaient pour des hommes, n'ayant aucun soin de leur personne, exerçant des métiers durs dans le seul dessein de se prouver quelque chose.

Quant à moi, je me sentais un peu mutante. J'avais passé une adolescence bourgeoise, toujours très classiquement vêtue de robes ou de tailleurs, allant suivre mes cours perchée sur des talons aiguilles très à la mode à cette époque. Ensuite, mon travail d'institutrice m'avait cantonnée à un classicisme vestimentaire qui me convenait bien. Je ne quittais alors mes tenues que pour chausser bottes et pantalon d'équitation, mon loisir unique et favori en ces années lointaines où je n'étais pas encore une jeune maman travaillant à l'extérieur, consacrant ses loisirs à sa progéniture, sans avoir le temps de se garder un espace rien qu'à elle.

Peu après j'avais suivi mon premier mari en France, perdant par le fait même mes prérogatives d'enseignante belge. De ma nouvelle existence était née ma fille ainsi que le goût des vêtements simples et confortables. Le jean était sans nul doute une belle invention. En me remariant puis décidant de rentrer en fac, un des efforts consentis fut de reprendre un aspect plus citadin quand les circonstances l'exigeaient. Avec un soupir, j'abandonnai mes méditations pour me plonger dans la mousse odorante de mes sels de bain.

Je me prélassai pendant une bonne heure dans l'eau très chaude en compagnie d'un bon roman puis décidai d'aller me coucher. Il était près de minuit. Le vide de la maison me sembla tout à coup menaçant. L'ambiance était lourde et oppressante. Quand l'orage tonna au loin, puis se rapprocha jusqu'à faire trembler les doubles vitrages, je me sentis vraiment inquiète pour des raisons indéfinissables. Éprouvant le besoin d'une compagnie, je me mentis à moi-même en prenant ma petite chienne yorkshire contre moi, lui murmurant :

— Ne t'inquiète pas la puce, ce n'est qu'un orage.

Je finis par m'endormir d'un sommeil agité non sans avoir vérifié que l'arme de mon mari se trouvait bien à sa place. Je n'étais pas certaine d'être capable de m'en servir, mais sa présence même, l'odeur de l'étui en cuir et le doux éclat de la crosse captant la faible lumière de la lampe de chevet, que je laissai allumée, avaient quelque chose de rassurant.

C'est vers quatre heures du matin qu'un grondement sourd sortant de la gorge de ma petite chienne me sortit en sursaut du sommeil où je m'étais enfoncée si difficilement. La montée d'adrénaline qui s'ensuivit fit que mon cœur s'emballa au point que j'eus du mal à saisir les bruits extérieurs qui avaient provoqué l'inquiétude de la puce.

— Ce n'est rien, dis-je en entendant claquer une portière sans ménagement. C'est Cynthia qui rentre.

Des coups frappés vigoureusement contre la porte d'entrée dépourvue de sonnette me détrompèrent et me firent décoller hors du lit.

— Gendarmerie nationale.

Je me précipitai en bas pour allumer la lumière extérieure puis remontai à la fenêtre de l'étage. Je voulais m'assurer de l'identité de mes visiteurs. Plus d'une personne s'était déjà fait avoir par des cambrioleurs déguisés en représentants de l'ordre. Mes études récentes me rendaient plus prudente que de nature.

En même temps que je repérais une camionnette bleue de gendarmerie garée dans mon entrée, je composai le 17.

— Allô la gendarmerie… Ici Laura Claes. Je voudrais savoir si vous avez envoyé une équipe chez moi… rue du Breuil à Aucey.

— Un instant, madame, nous vérifions…

J'entendis des doigts courir sur un clavier et quelques secondes plus tard la voix reprit :

— C'est exact, madame. C'est à cause d'un véhicule abandonné. Le gendarme Marc Sédard possède les données utiles. Si vous avez un problème, rappelez-moi.

— Non, non. Cela ira. Merci.

Il y avait cinq bonnes minutes de passées, le martèlement sur la porte se faisait plus insistant. La chienne aboyait aussi fort que ses minuscules poumons le lui permettaient. De toute évidence, l'homme s'impatientait.

— Gendarme Sédard. Ouvrez si vous êtes là, madame Claes, c'est important.

Je me décidai à ouvrir. Je dus m'y reprendre à deux fois pour introduire la clé dans la serrure.

— Bonsoir, madame. Désolé de vous déranger, c'est important. Vous êtes bien la propriétaire d'une Peugeot 206 immatriculé 78 PNB 50 ?

— Oui, c'est ma voiture.

— Elle a été retrouvée abandonnée dans un chemin de terre parallèle à la voie express à la hauteur de Tanis. Vous a-t-elle été volée ou l'avez-vous prêtée ?

— Oui, je l'ai prêtée à une amie. Elle n'a rien au moins ? A-t-elle eu un accident ?

— Madame, les circonstances sont un peu particulières. Je vais vous demander de vous habiller et de nous accompagner au poste. Pour vous répondre, je vous dirai que la voiture n'a pas été accidentée. Elle a été retrouvée portière conducteur ouverte. Ce qui est inquiétant, c'est qu'il y a du sang sur le siège. Une équipe est sur place. Mes supérieurs vont vouloir vous interroger sur la personne qui conduisait ce véhicule ce soir. Il faut y aller.

****

CARNET (EXTRAIT)

L'éclat de ta chevelure de feu, ambre dilué
Dans la lumière fondue de la lune,
A capturé mon esprit par le chemin de mes yeux.
Tu m'as pénétrée, envahissant mon espace,
M'obligeant à t'y faire une place.
Ne verse pas de larme, petite sirène du Couesnon
Ce que je vais t'offrir fera que l'on n'oubliera plus
ton nom.
D'anonyme jeune fille ignorée malgré sa beauté,
Tu deviendras l'égérie de mon prochain délire.
Muse m'offrant sur un plateau le plus beau des
cadeaux
Ton corps ayant pour seule parure ton incompa-
rable chevelure.

ASJ

Chapitre 5

La peau de sa tempe droite était tendue comme si elle s'était posé un masque de beauté. Cynthia porta la main à sa joue et la ramena rougie du sang poisseux qui lui donnait cette impression de tiraillement en séchant. La douleur lancinante qui lui traversa le crâne accompagnée d'un retour subit à la réalité lui rappelèrent dans quelle galère elle se trouvait.

Elle pensa immédiatement à Laura qui allait forcément s'inquiéter. Elle lanccrait certainement toutes les forces de police à sa recherche. Par association d'idées, son esprit fit ce qu'il se refusait à faire depuis les tréfonds de sa conscience retrouvée. Le tueur ! Que Dieu fasse que ce ne soit pas son agresseur !

Cravachée par cctte idée sinistre associée à son caractère volontaire et combatif, elle entreprit d'étudier sa situation le plus objectivement possible. Il fallait se souvenir de chaque détail, si minime soit-il. Peut-être arriverait-elle ainsi à trouver la faille qui lui permettrait de s'en sortir.

Elle commença par étudier son environnement. Elle était allongée sans entraves sur un lit recouvert d'un édredon matelassé dont la couleur verte était passée depuis longtemps. À chacun de ses mouvements, une odeur d'urine émanait de cette literie peu ragoûtante. La tête de lit était assortie à une table de nuit ainsi qu'à une garde-robe qui avait eu trois portes, mais qui n'en possédait plus que deux. L'ensemble était fabriqué dans un bois bon marché. Le sol était en ciment nu alors que les murs aveugles avaient connu autrefois une peinture qui avait dû être claire, jaune ou beige. Elle se trouvait sans doute dans une pièce située en dessous du niveau du sol. Il n'y avait pas de lumière du jour. Une ampoule nue pendouillait au bout d'un fil au centre de la pièce. Un interrupteur d'un modèle datant probablement d'avant-guerre se trouvait à côté de l'entrée constituée d'une porte métallique dans l'angle du mur latéral droit.

Elle se leva trop brusquement, ce qui provoqua un vertige immédiat, la rappelant à l'ordre quant à ses possibilités physiques. Elle s'y reprit plus lentement et commença à tout hasard à faire jouer la poignée de la porte qui, bien entendu, était fermée. Cynthia n'était pas particulièrement petite, un mètre soixante-dix, pourtant même en levant les bras elle ne parvint pas à effleurer le plafond qui de toute façon n'offrait aucune issue possible. Il était lisse, sans la moindre trappe ou soupirail quelconque.

Elle se laissa glisser dos au mur, s'enfonçant dans ses sombres pensées.

Quand l'homme l'avait abordée à la Bisquine, elle l'avait trouvé beau et séduisant.

Il avait une trentaine d'années, dégageait beaucoup de classe. C'était un homme grand. Elle estimait sa taille à un mètre quatre-vingt-dix. Il avait des yeux très sombres bordés de cils d'une longueur qui aurait fait rêver plus d'une jeune fille. Ses cheveux ras étaient d'un noir qu'on aurait pu qualifier d'aile de corbeau. Un léger début de calvitie frontale lui donnait un air intellectuel, qui était encore renforcé par le port de lunettes en écaille créées par une grande marque.

Contrairement à la majorité des jeunes qui fréquentaient la boîte, il n'était pas vêtu de jeans et de baskets, mais d'un costume de bonne coupe qui avait certainement coûté un prix élevé. Quand il l'avait invitée à danser, elle s'était tout de suite sentie bien entre ses bras, qu'elle percevait musclés à travers la fine étoffe. Quand il s'était penché sur elle en lui murmurant des paroles dont elle n'avait pas compris le sens à travers le chahut de la musique choisie par le DJ, elle avait senti son parfum trop chargé de musc au point d'être légèrement écœurant. Il lui avait frôlé la joue de la sienne, lui procurant un contact particulièrement doux, surprenant chez un homme de cet âge, comme si les rasoirs n'avaient pas eu à transformer cette peau de pêche en la râpe habituelle de la gent masculine. Il avait le teint mat des gens qui vivent au grand air ou qui fréquentent avec assiduité les séances UV.

Il lui avait murmuré des mots tendres placés dans des phrases destinées à faire tourner la tête des jeunes filles. Elle devinait le séducteur professionnel, mais n'avait rien de mieux pour lui tenir compagnie. De ce fait, elle ne demandait qu'à se laisser aller au jeu qu'il mettait en place.

Il lui avait offert une coupe de champagne puis, sous prétexte du « qu'en-dira-t-on », était sorti un moment avant elle, lui donnant rendez-vous dans un chemin creux à une dizaine de kilomètres de là, juste derrière un hôtel d'étape. Il disait être en vacances chez ses parents et ne pas vouloir les déranger. Il partirait avant afin de réserver une chambre. Cynthia ne devait aucunement se sentir obligée de le rejoindre. Il comprenait qu'elle pouvait être effarouchée par sa précipitation mais qu'en aucun cas elle ne devait se sentir tenue par quoi que ce soit.

Bref, de la poudre de perlimpinpin qu'elle avait gobée sans même s'en rendre compte, complètement sous le charme du bellâtre. Au vu du goût amer qu'elle avait en bouche, elle se demanda dans quelle mesure, elle n'avait pas avalé une drogue quelconque.

Elle se souvint que, une heure environ après le départ de celui qui se faisait appeler Georges, elle avait quitté la boîte, hésitant à rentrer ou à aller faire un tour du côté de l'hôtel. Mue par une impulsion que, maintenant, elle jugeait très mauvaise, elle avait décidé de s'offrir une nuit d'amour. Quand elle était arrivée au point de rendez-vous que lui avait parfaitement indiqué son cavalier, elle s'était garée, pas trop tranquille. Le coin était vraiment désert. L'hôtel était visible mais lointain. Quand des phares s'étaient rapprochés de sa lunette arrière, son instinct lui avait commandé de fuir. Elle avait remis le moteur en route en engageant la première. Elle n'avait pu aller bien loin. Le chemin se terminait en cul-de-sac. La Porsche qui la suivait s'était rapprochée : Georges en était descendu, décontracté, souriant, comme s'il ne sentait pas poindre l'angoisse de la jeune fille. Elle avait ouvert sa portière en essayant de se donner une contenance, le cerveau fonctionnant à plein régime, espérant trouver la solution qui lui permettrait de justifier un départ précipité.

— Il faut que je rentre. Mon amie va s'inquiéter. Donnons-nous un rendez-vous demain.

Elle espérait naïvement qu'ainsi il la laisserait partir.

— Ton amie ? Elle doit dormir à cette heure-ci. Allons, ne t'inquiète pas. On va juste passer un bon moment.

Alors qu'elle avait un mouvement de recul et esquissait le geste de se rasseoir dans la voiture, elle avait eu l'impression d'un grand flash, puis le trou noir. Elle ne se souvenait de rien jusqu'à son pénible réveil, enfermée à l'intérieur de cette pièce sinistre.

Elle se sentait replonger vers un état bizarre situé entre le sommeil et l'inconscience quand un bruit de clé dans la serrure lui fit reprendre ses esprits. Une fois la porte ouverte, elle n'aurait sans doute qu'une chance à saisir. L'instinct de conservation lui fit retrouver toutes ses facultés en quelques secondes. Elle se redressa, prit une position de sprinter au départ, prête à foncer tel un bélier pour renverser l'ennemi. Il fallait trouver l'issue qui lui permettrait de s'enfuir. Au fond d'elle-même, elle savait que sa chance de réussite était minime.

Ce fut la surprise qui la perdit. Dans un geste déri soire de protection, elle porta les mains à la tête. C'était bien Georges qui entrait. Un doux sourire illuminait son visage, contrastant avec l'impression de folie qui se dégageait de ses yeux. Dans la main droite, il tenait un couteau immense à la lame crantée, façon commando. Ce n'était pas le pire. Il portait une perruque. De longs cheveux blonds dont les racines frontales gardaient encore des traces sanguinolentes.

****

Il était près de huit heures en ce lundi matin. Les policiers n'avaient toujours aucune trace de Cynthia. J'avais un besoin impérieux de parler à mon mari, de me sentir protégée et comprise. Malheureusement, le standard de son centre de stage n'ouvrait qu'à neuf heures, quant à son portable, il était coupé pendant la nuit. J'étais installée dans une pièce aux murs gris, garnie d'un meuble informatique fonctionnel portant ordinateur, scanner et imprimante. Dos à la fenêtre se trouvait un ancien bureau en bois qui faisait penser à ceux des écoles de mon enfance. Assise sur une chaise rembourrée mais inconfortable, je profitai des instants de solitude que me laissait le départ du gendarme chargé de prendre ma déposition après avoir eu un entretien avec l'adjudant-chef Bricart rappelé au milieu de la nuit par ses subordonnés. Je savais pertinemment que tout le monde pensait à Nelly Drumont. Une nausée me tordit le ventre à l'idée que mon amie puisse subir un sort aussi affreux. J'aurais dû l'accompagner. Elle me l'avait demandé et j'avais refusé. Je me sentais coupable d'abandon, responsable de ce qui avait pu lui arriver.

Depuis mon arrivée au poste, on m'avait longuement interrogée.

J'avais dû expliquer notre relation, la façon dont nous nous étions connues, nos occupations pendant ces quelques jours de vacances puis à force de détails, la dernière journée que nous avions passée ensemble.

— Êtes-vous certaine de ne pas avoir remarqué un détail particulier, un incident si minime soit-il ?

— … Non. Rien de particulier… Il y a juste…

54

— Allez-y. Peu importe si cela n'a aucune incidence.

— Quand nous sommes allées au Mont, elle a voulu se baigner dans le Couesnon. Je lui ai déconseillé, mais elle ne m'a pas écouté. Elle est comme ça. Elle n'en fait qu'à sa tête. Il n'y avait pas trop de courant. Il y avait énormément de monde à la regarder s'amuser. Un pompier de service est venu la sermonner. Il lui a demandé de sortir. Il a dit que c'était dangereux en raison des courants, que c'était un mauvais exemple pour les enfants qui l'observaient. Il a ajouté qu'il y avait assez de plages pour ce genre de loisir.

— Est-ce qu'elle s'était déshabillée en public ?

— Oui et non. Elle avait laissé glisser sa robe. Elle portait un maillot en dessous.

— Ce geste vous a-t-il semblé provocant ?

— Sur le moment pas du tout. En y réfléchissant, on pourrait dire qu'il avait quelque chose de sensuel. Si j'abonde dans le sens de votre pensée, je pourrais dire que si un homme l'avait observée avec des idées… disons lubriques, oui, il aurait pu y trouver une certaine provocation. Elle est très belle, vous savez.

— Avez-vous une photo ?

— Nous en avons fait ces derniers jours. L'appareil est à la maison. Mais, attendez, j'en ai aussi sur mon téléphone.

— Je vous demanderai de me remettre vos appareils. On va dénicher quelqu'un qui va imprimer les photos très vite, ce qui nous permettra de diffuser son portrait. Si on passe par le labo, on va perdre une demi-journée. Il y a une chance infime pour que l'objectif ait saisi un détail qui puisse nous être utile. Parlez-moi de son caractère.

— Cynthia Bazin a une forte personnalité. Elle sait ce qu'elle veut et fait ce qu'il faut pour atteindre ses buts. De plus, elle est licenciée en psychologie. Elle devrait donc être à même de jauger les gens. J'ai du mal à croire qu'elle ait pu suivre un inconnu ou en embarquer un dans la voiture. Je ne comprends pas… Il n'y a qu'une chose qui pouvait la rendre plus vulnérable. C'est un paradoxe de sa personnalité. D'une part, elle analyse, rationalise les choses, d'autre part, elle est fleur bleue. Elle rêvait… je veux dire, elle rêve du grand amour.

Je me sentis rougir en utilisant cet imparfait. Tout mon être se refusait à croire au pire, cependant, les heures passant, les informations arrivant des différents services d'urgence et d'admissions dans les hôpitaux, on était maintenant certain que mon amie n'avait été admise nulle part.

Un gendarme m'avait accompagnée pour récupérer le Canon dont le contenu avait été tiré en moins d'une demi-heure par le geek de service.

J'avais étudié chaque cliché à la loupe en compagnie de Bricart. Celui-ci n'avait pu cacher son inquiétude alors qu'il observait le premier cliché, un portrait en gros plan d'une Cynthia irradiant de bonheur.

— C'est vraiment votre amie ?

— Oui. Je sais ce qui vous chiffonne… Vous pensez à ce que personne n'ose dire ouvertement en ma présence. Elle a des cheveux extraordinaires, n'est-ce pas ?

Sur le cliché, l'ovale fin du visage de Cynthia était encadré d'une magnifique chevelure de feu ondulant par vagues obtenues grâce à une patience d'ange et la confection d'une multitude de tresses dites africaines.

Ses taches de rousseur attestaient de la véracité de sa couleur rouge cuivrée assortie à celle de ses yeux dont l'éclat reflétait exactement le même ton. Un peintre associant des couleurs n'aurait pas pu trouver une telle harmonie, frôlant l'apogée des nuances. J'avais passé une demi-journée à défaire ce travail titanesque réalisé par une autre de ses amies, apprentie coiffeuse.

Les autres photos n'apportèrent que peu d'éléments nouveaux. Sur l'une prise lors de la fameuse baignade, nous avions gagné l'identification du pompier de service. L'info ne faisait que recouper ce que nous savions déjà par le tableau de service fourni par la caserne grâce à l'astreinte de nuit. Le sapeur en question serait convoqué aux premières heures du jour.

Les traces de sang dans la voiture étaient à l'analyse. Dans les minutes qui allaient suivre, un gendarme appellerait le médecin de la famille Bazin. Je n'avais pas eu de mal à me rappeler son nom, son patronyme étant la risée de bon nombre d'étudiants. C'était le docteur Chapeau. Il soignait la famille depuis longtemps, je le savais de façon certaine de mes conversations avec mon amie. Il serait capable de fournir le groupe sanguin de la jeune fille, qui serait comparé à celui trouvé dans la voiture. Il y aurait ainsi une preuve formelle que Cynthia était bien la conductrice de mon break au moment de ce que les autorités appelaient pudiquement « l'incident ».

Je me pris à rêver qu'elle ait pu prêter ma voiture à n'importe qui ou qu'elle se la soit fait voler. J'espérai qu'elle était au chaud dans un bon hôtel entre les bras d'un homme, peu importe lequel, pourvu qu'il ne soit pas celui que toute la brigade craignait de voir resurgir à travers un crime horrible.

Une secrétaire m'apporta un thé avec un sourire d'encouragement. Elle m'apprit que le docteur Chapeau avait donné les renseignements après s'être fait tirer les oreilles sous prétexte du secret médical. Bricart avait été sans appel.

— Refusez-nous l'info ! Cela me donnera l'occasion de vous coller une non-assistance à personne en danger.

Près d'une heure passa encore. Je pus enfin joindre mon mari qui proposa de lancer des recherches en hélicoptère. Il s'occupa de contacter les responsables habilités à donner les autorisations. Il fallait un avis de recherche officiel. Celui-ci tomba moins d'un quart d'heure plus tard, au moment où j'apprenais, effondrée, que les deux groupes sanguins étaient identiques et de plus rarissimes : B négatif.

Il était maintenant démontré que la personne blessée dans ma voiture et Cynthia ne faisaient qu'une. La question principale restait posée.

Où était-elle ?

****

Chapitre 6

John Mac Enzie était un homme heureux. Le vendredi précédent, il avait signé chez un notaire de la ville de Saint-James l'achat d'une fermette à rénover. Le bricolage était sa passion. L'idée de passer les dix prochaines années de sa vie à faire du ciment, monter des murs ou refaire un toit ne lui posait pas de problème, au contraire. Il avait horreur du farniente et ne concevait pas ses loisirs autrement qu'une truelle à la main.

Sa femme, professeure de français à Londres, arrivait le lendemain au port de Cherbourg. Elle était plus jeune que lui. De ce fait, elle avait encore cinq ans à travailler avant d'atteindre l'âge de la retraite.

Il quitta le gîte où il logeait actuellement et monta dans la vieille 4L qu'il avait achetée à un pépé du coin pour le transport de ses matériaux.

Betty serait ravie de savoir que l'acte était signé. C'était leur rêve de toujours de finir leur vie en France. Il ne disposait que de sa journée afin de mettre un peu d'ordre à « Little Farm », comme il l'avait baptisée. Betty acceptait ses caprices de bricoleur, mais était tatillonne sur l'ordre. Or, c'était un véritable capharnaüm.

Les anciens propriétaires avaient vendu en l'état, laissant les anciens meubles en place. Il y avait des choses récupérables, mais aussi un sacré vide à faire.

Quand il se gara dans la cour, la pluie tombait dru, transformant le sol en un innommable cloaque. Une des premières choses à faire serait de gravillonner l'entrée, pensa-t-il, préparant déjà mentalement la liste des fournitures à prévoir.

Il entra dans la maison sans difficulté.

La serrure était cassée depuis longtemps, seul un simple loquet retenait la porte en chêne.

John avait un excellent odorat. Ce fut donc une odeur fade surmontant les relents d'humidité qui attira son attention. Il ne l'identifia pas immédiatement. Les sens en éveil, il pensa qu'il s'était fait squatter sa maison toute neuve, ce qui le mit en rogne.

Il se dirigea d'un pas décidé vers la porte du fond, la poussa avec colère, prêt à enguirlander sévèrement celui ou celle qui se serait permis d'envahir son rêve.

— Ne vous gênez pas !

De plus en plus furieux, il s'avança vers la forme qui occupait le lit à baldaquin aux pieds rouillés.

Une personne dormait en position fœtale, la tête sous l'oreiller, la couette mitée tirée jusqu'au cou.

John ronchonna de plus belle, posa la main sur l'épaule de l'individu, décidé à le secouer vertement.

Le contact le fit reculer brutalement. Il avait eu l'impression de toucher un morceau de bois. Son mouvement de recul fit chuter l'oreiller et glisser la couette, libérant toutes les senteurs particulières du sang et de la mort.

Le spectacle qui se révéla à ses yeux d'homme simple tenait d'un mélange des films les plus terrifiants.

La jeune femme qui était recroquevillée sur le lit était raidie dans sa position originale. Elle était nue, à l'exception d'un foulard de paysanne qui lui enfermait le crâne. Le tissu s'était imbibé de sang qui, en se coagulant et en séchant, avait bruni, offrant un contraste macabre avec la pâleur du visage et l'opacité des yeux noisette grands ouverts sur l'horreur des derniers instants.

John Mac Enzie resta figé de longues minutes avant de pouvoir esquisser le moindre mouvement. Quand il parvint à se sortir de son hébétement proche de la catalepsie, son premier réflexe fut de fuir.

Il se ravisa, eut un geste pour couvrir le visage de celle qui avait dû être si jeune et jolie avant de connaître une fin qui n'avait pu être que douloureuse.

Il remonta la couette presque tendrement, comme s'il voulait border un enfant malade.

Il s'aperçut alors que si la couette n'avait pas glissé jusqu'au sol c'est qu'elle était restée accrochée à quelque chose. Il la tira en arrière pour pouvoir la remonter sur le visage de la morte.

Ce qu'il découvrit alors lui fit suspendre son geste. Il lâcha tout et courut chez les voisins les plus proches.

****

Je fus surprise par le visage que je découvris à travers les carreaux de ma porte d'entrée. J'étais revenue de la gendarmerie en fin de matinée, lasse, tenant une bonne migraine. J'avais avalé un potage puis m'étais octroyé une sieste nécessaire. J'avais eu un sommeil agité malgré un léger calmant. Cynthia ne quittait pas mes pensées. Rien dans ce que j'avais pu glaner comme renseignements ne tendait à l'optimisme. Il était près de vingt heures ; j'appréhendais la nuit à venir.

Quand je reconnus les traits arrogants de mon juge, je n'eus besoin d'aucune explication pour comprendre que le pire était arrivé.

Cet homme, dont j'avais oublié le nom, était officier de PJ, spécialisé dans la chasse aux tueurs. Sa présence dans ma campagne n'était certainement pas liée à ma prestation universitaire.

Maîtrisant difficilement un tremblement, j'ouvris ma porte.

Au bruit du pêne, il ne releva pas tout de suite la tête. Il lisait une fiche et commença à parler, les yeux rivés aux informations qu'il se devait de connaître pour m'aborder.

— Madame Laura Claes ?

Ce disant, il releva les yeux. Il ne put masquer sa surprise en me reconnaissant.

— Vous !... Excusez-moi, je ne m'attendais pas à voir une personne connue. Je n'avais pas mémorisé votre nom lors de votre examen.

— Ce n'est rien. On ne peut pas se souvenir de tout le monde. Que puis-je pour vous ?

Cet assaut de politesse des deux parties en présence cachait un embarras certain. Lui ne savait comment m'annoncer ce qu'il était venu dire et, moi, je savais intuitivement ce qu'il avait à dire, mais le refusais de toutes mes forces, comme si ma persuasion mentale avait pu changer le cours des choses.

— Vous vous en souvenez sans doute, je suis l'OPJ. Fred Jumet. Est-ce que je peux entrer ?

— Oh ! Bien sûr.

Nous entrâmes et prîmes place autour de la table rectangulaire qui était l'élément principal de la pièce servant à la fois de cuisine et de salle à manger.

Voulant me donner une contenance, je proposai :

— Voulez-vous un café ?

— Volontiers.

Le silence qui s'installa pendant que je préparais l'eau et la cafetière devint tellement lourd et chargé que j'éprouvai du mal à respirer.

— Venons-en au fait, monsieur Jumet, dis-je en balançant, plus qu'en ne posant, le café trop noir sur la table.

— Je suis désolé. Un touriste anglais a découvert le corps de votre amie Cynthia Bazin en début d'après-midi, dans la maison de vacances qu'il vient d'acheter. Les circonstances de sa mort ont pu être déterminées par les enquêteurs ainsi que par le légiste qui s'est rendu sur place. Voulez-vous en savoir plus ?

Malgré la boule qui envahissait ma gorge, je ravalai le hurlement de douleur que tout mon être aurait voulu lancer vers le ciel, comme l'aurait fait un loup blessé.

L'homme qui était en face de moi était cartésien, doté d'un esprit pragmatique. S'il devinait en moi une personne trop émotive, il ne me livrerait aucun renseignement susceptible de me choquer. Il me fallait paraître comme la femme de toutes les situations si je voulais tenir la promesse que je m'étais faite à moi-même pendant ma pénible sieste. Je dénicherais le salopard qui avait été assez malin et pervers pour convaincre une femme telle que Cynthia de le suivre.

Je secouai la tête et pris une grande inspiration.

— Je vous écoute.

— Êtes-vous certaine de vouloir tout savoir ?

— Vous êtes gentil de vouloir m'épargner, monsieur Jumet, mais dois-je vous rappeler que, lors de la préparation de mon mémoire, j'ai eu l'occasion d'aborder des situations plus qu'horribles. La cruauté humaine n'a pas de limites. Quand l'homme se laisse aller à ses instincts les plus primitifs, on dépasse les frontières de ce que peut imaginer un être normalement constitué. J'ai étudié des crimes dont les auteurs n'ont aucune empathie. Ils amputent, mutilent, mordent, dévorent leurs victimes sans un instant envisager ce qu'elles peuvent souffrir ou ressentir. J'ai vu des cadavres, assisté à des autopsies (là, j'exagérais un peu, je n'en avais vu qu'une), visité des prisons, et assisté à des procès. Il n'y a plus grand-chose qui puisse me surprendre. Bien sûr, je me sens concernée par Cynthia, c'était mon amie. Je pense que le meilleur service que je puisse lui rendre maintenant, c'est de fournir tous les éléments qui me viendront à l'esprit en espérant faire progresser l'enquête. Je la connaissais bien. Je suis psychologue, je possède de bonnes notions de criminologie. Je ferai tout ce qui est en mon pouvoir pour que vous retrouviez ce type. Avec les éléments que je possède, je peux faire de la victimologie, parce que je savais comment fonctionnait Cynthia. Par contre, vous seul pouvez me fournir les éléments qui me permettraient de comprendre ce type, d'entrer dans sa tête et avec un peu de chance d'arriver à cerner sa personnalité, peut-être même d'anticiper ses actes.

Je me tus, épuisée par ma tirade, anéantie par mon chagrin. Je ne devais rien laisser paraître. Je me servis un café, potion dont j'avais horreur. D'une main ferme, je portai ma tasse à mes lèvres sans montrer le moindre tremblement. J'avais mal aux muscles tant ils étaient tendus dans cet effort surhumain destiné à masquer ce qui se passait réellement en moi.

— Êtes-vous en train de proposer une coopération avec la police ?

— Je ferai tout ce qui est possible.

— Hum hum… Je ne vous cache pas que d'habitude nous ne faisons pas appel à des personnes étrangères au service. Encore moins quand la personne en question est directement concernée émotionnellement par l'affaire en question.

Il se leva et se mit à marcher de long en large en se massant le menton. J'appris plus tard que c'était sa façon à lui d'exprimer trouble ou réflexion.

— Dites-moi ce qui est arrivé à Cynthia.

— Bien. De toute façon vous finirez par l'apprendre. Elle a été kidnappée dans votre voiture. Elle sortait de la Bisquine. Le patron l'a identifiée formellement parce qu'elle était très belle, mais surtout parce qu'elle a payé un Coca-Cola avec un billet de cinquante euros, ce que les tenanciers de boîtes n'aiment pas beaucoup. Il y a trop de billets volés en circulation. Il lui a donc demandé sa carte d'identité et noté ses coordonnées. C'était juste avant la fermeture soit environ à quatre heures trente. Il est certain de son fait, car c'est l'heure où les femmes de ménage arrivent. Il doit aller leur ouvrir la porte de service. Il y est allé juste après avoir rendu la monnaie. Si l'on estime le temps qu'il faut à une voiture du type de la vôtre pour rejoindre l'endroit où on l'a retrouvée abandonnée, on peut estimer qu'elle a été enlevée entre quatre heures cinquante et cinq heures. Dans ses premières conclusions, le légiste estime que la mort remonte aux environs de dix heures du matin. Le rapport complet ainsi que les analyses seront disponibles demain. Nous pouvons conclure de ces différentes informations que Cynthia Bazin a été retenue prisonnière pendant environ cinq heures de temps. Ces heures-là ont certainement été les plus longues de son existence. Je dois vous dire qu'elle a souffert. Elle a été violée à plusieurs reprises et sodomisée de la même façon, mais toujours avec protection. Il y a ce qu'on appelle des réactions vitales qui prouvent la violence sexuelle, mais aucune trace de sperme. Nous pensons qu'elle s'est défendue, car elle porte des ecchymoses aux mains. Je ne sais pas encore s'il y avait des indices sous ses ongles, le légiste est encore au travail. En dehors du coup qu'elle a pris à la tête lors de son enlèvement, elle a été battue à coups de poing et de pied, sans doute parce qu'elle s'est défendue avec l'énergie du désespoir. Elle a reçu dix coups de couteau, à grande lame crantée, le bord des plaies ne laisse aucun doute là-dessus. Trois au niveau de la face postérieure de l'avant-bras droit. Elle a donc porté son bras en protection devant sa figure. Quatre au niveau des jambes, un à gauche et trois à droite. Le légiste dit qu'elle a dû donner des coups de pied pour tenter de se protéger. Deux dans l'abdomen au niveau de l'utérus. À terme, sans secours, ils auraient provoqué la mort par hémorragie interne. En l'occurrence, ce n'est pas la cause de la mort… À ce stade, Cynthia devait être inconsciente. Vous êtes certaine de vouloir que je continue ?

Je me sentais devenir pâle en imaginant les souffrances de mon amie. Je devais tenir le coup. D'une démarche trop saccadée, je me dirigeai vers le bar. J'en revins avec deux verres et une bouteille de whisky. Je n'avais aucune habitude de l'alcool, mais sentais la nécessité immédiate d'avaler quelque chose de fort. Il accepta le verre que je lui tendais. Devant mon regard, il enchaîna :

— Bon, je continue. Le dernier est différent. La lame a été introduite dans le vagin. Le couteau est resté en place. Nous espérons qu'il nous donnera des éléments qui nous permettront de faire avancer l'enquête. La mort a été provoquée par rupture des cervicales. Un coup propre et sec. Quand il a eu fini de s'amuser, Cynthia n'était plus qu'une poupée de chiffon. Il l'a liquidée.

— Est-ce que…

— Oui. Il l'a scalpée. Proprement si on peut dire. En tout cas, en utilisant science et méthode. Comme pour la petite Drumont, il a caché la plaie. Cette fois, il y avait un foulard qui cachait le crâne. Nous comptons aussi sur lui pour nous fournir des indices.

— Vous avez dit qu'elle était chez un Anglais…

— Cette maison était abandonnée, en vente depuis longtemps. M. Mac Enzie l'avait visitée plusieurs fois en compagnie de son notaire sans qu'il y ait rien de particulier à signaler. Il a signé l'acte la semaine dernière. Aujourd'hui, en début d'après-midi, il est venu, tout fier, mettre de l'ordre avant l'arrivée de sa femme. C'est ainsi qu'il a découvert votre amie, dans un lit, nue mais couverte d'une couette, la tête dissimulée sous un oreiller.

« Je vous rejoins dans votre analyse de la maison isolée dans le cas Drumont. On peut supposer que si Nelly Drumont était terrorisée et introvertie elle ne se soit pas défendue, tétanisée par la terreur. Ici, ce n'est pas le cas. Cynthia s'est battue jusqu'à la limite de ses forces. On peut supposer qu'elle a hurlé. Quand des gens entendent des cris suspects chez des voisins, en général, ils appellent les gendarmes en parlant de scène de ménage violente. Or, nous n'avons reçu aucun appel de ce type. Il y a aussi le sang. Cynthia en a perdu beaucoup à la suite des coups de couteau. Quand on l'a découverte, elle était propre. Il l'a donc lavée ou tout du moins rincée. On en saura plus demain.

« Voilà où nous en sommes ce soir.

Il se leva puis observa mon intérieur comme s'il venait d'y entrer alors qu'il était là depuis plus d'une heure.

— Vous êtes seule ici ?

Je me raidis. Après tout, je ne savais rien de ce type. Je ne l'avais vu qu'une seule fois, occuper des fonctions très officielles, mais je n'avais aucune preuve de son intégrité.

— Ne vous inquiétez pas, poursuivit-il avec un sourire réconfortant. Je pense juste qu'au vu des circonstances vous seriez mieux en compagnie que seule dans cette maison isolée. Vous n'avez personne chez qui aller ?

— Si si. Je vous remercie.

— Au cas où vous déménageriez, laissez un numéro de téléphone à la gendarmerie. Il se peut que nous ayons à nous revoir.

— Allez-vous réfléchir à ma proposition ?

Il eut une moue dubitative, se massa le menton et jeta avant de sortir :

— C'est possible.

****

Chapitre 7

J'avais préféré rester chez moi. Je n'avais aucune envie de parler à qui que ce soit. Mon mari était coincé par son stage. Il m'appelait régulièrement, me réconfortant autant que possible. Il me connaissait suffisamment pour savoir que mon calme apparent n'était qu'une façade destinée à cacher un profond chagrin et une angoisse latente. Plusieurs journalistes avaient téléphoné, je les avais renvoyés au communiqué officiel de la police. Je ne désirais aucunement avoir des propos qui seraient certainement déformés pour la cause de l'information qui se vend beaucoup mieux quand elle a des relents de sang ou de scandale.

Je tenais à préserver mon image. Il fallait que j'arrive à avoir connaissance des données de l'enquête. Je n'avais aucune chance d'y parvenir si les autorités voyaient en moi une source de renseignements possible pour les journalistes.

Après le journal télévisé de la nuit sur la deuxième chaîne, où une présentatrice inconnue avait largement développé l'affaire, je décidai de monter me coucher.

Je me mis à lire un roman historique sans arriver à me concentrer. Les bruits de la vieille fermette prenaient soudain dans mon esprit traumatisé par les événements des proportions inquiétantes. Chaque craquement, chaque bruit, me semblaient signes de danger. Quand des chats firent une course-poursuite dans l'escalier de l'atelier menant au grenier attenant à la maison, je ne fis qu'un bond hors de mon lit, me saisissant du pistolet. Il me fallut toute ma capacité d'analyse et de raisonnement pour imaginer autre chose qu'un tueur cherchant une possibilité de pénétrer chez moi. Pour comble, l'orage se remit à gronder, conférant à l'atmosphère un relent d'épouvante. Je finis par m'endormir vers cinq heures du matin, le browning GP35 chargé à bloc sous l'oreiller. Au vu des circonstances, j'aurais préféré une arme plus efficace, à double action, plus précise. Cependant, le contact du métal et le poids de l'arme dans la main me rassuraient.

J'eus un sommeil perturbé, mon imagination me renvoyant sans cesse des images d'une Cynthia mutilée.

Dès sept heures, j'étais debout, l'esprit clair, ma décision étant prise. J'avalai un petit déjeuner rapide et, à huit heures trente, je me présentai à la gendarmerie.

Le planton de service me reconnut, prit un air embarrassé en me voyant :

— Je suis désolé pour votre amie. Je vais prévenir le chef que vous êtes là.

Il s'éloigna avec un sourire qui se voulait réconfortant.

Quelques minutes plus tard, Bricart arrivait avec un dossier conséquent sous le bras.

— Je suis à vous dans un instant

Je pris une profonde inspiration quand il me fit entrer dans son bureau.

Il commença :

— Vous allez devoir m'excuser. Je n'ai pas beaucoup de temps à vous consacrer. Nous avons une réunion à Avranches dans moins d'une heure à propos de Cynthia Bazin. Tout ce qu'on peut faire maintenant c'est de retrouver son assassin et de le faire condamner. À un moment ou l'autre, nous aurons certainement besoin de votre témoignage.

— Je veux participer à l'enquête

— Pardon ?

— Vous m'avez bien comprise.

— Écoutez, je comprends votre douleur, votre colère même. Cependant, je ne vois pas comment je pourrais vous faire participer à cette enquête autrement que comme témoin. Vous êtes trop concernée. Vous ne faites partie d'aucun corps de police ou gendarmerie. Vous n'avez pas idée de ce que l'on peut voir sur le terrain. C'est très dur psychiquement…

— Adjudant, je vous suis très reconnaissante de vous inquiéter pour moi. Cependant Cynthia était mon amie…

— Justement…

— Non, écoutez-moi. Je viens de terminer ma fac de psycho. Mon mémoire était une étude sur les tueurs en série. Je peux vous en fournir une copie quand vous le désirez. Je sais que tout cela est très théorique. Je suis certaine que dans un cas comme celui-ci le travail des *profilers* américains prend tout son sens. Je ne demande pas à être reconnue ou payée pour mon travail. Tout ce que je désire, c'est comprendre. Je voudrais appliquer les méthodes qui marchent outre-Atlantique à notre pays en les adaptant à notre mentalité et à notre culture. Je sais que ceci doit vous paraître prétentieux, mais qu'avez-vous à perdre ? Si quelqu'un est motivé pour arrêter ce criminel, c'est bien moi. Je ne laisserai passer aucun détail, aucune piste. J'en ai touché un mot à l'OPJ... Jumet. Il n'était pas radicalement contre, même s'il a émis des réserves. J'ai besoin de soutien pour que vos supérieurs à tous les deux me laissent accès aux scènes de crime, aux dossiers des enquêteurs, aux rapports des légistes.

Le téléphone sonna, interrompant ma tirade.

— Bricart, j'écoute... Ah ! Oui. Justement, je ne sais pas trop quoi en penser.

Il écouta longuement son correspondant.

— Bon. On va essayer. Oui. OK. Salut.

Quand il raccrocha, il leva vers moi des yeux étonnés.

— On dirait que vous savez vous montrer persuasive. Jumet vous cherche. Le standard lui a dit que vous étiez ici. Il m'a expliqué brièvement vos desiderata, nettement moins bien que vous d'ailleurs. L'idée de mettre un *profiler* sur ce coup lui plaît assez. Malheureusement, nous ne disposons en France que d'une seule personne qualifiée. Elle travaille en ce moment sur des disparitions d'enfants dans le midi de la France. Autrement dit, elle ne sera pas disponible avant longtemps. Or chez nous, ça urge. Le tueur risque de recommencer. Deux filles en deux mois, cela ne présage rien de bon. Sédard va vous accompagner chez vous. Vous allez embarquer tous les documents possibles, capables de convaincre des gens comme le procureur ou le juge. Il vous emmènera ensuite à

Avranches, où vous attendrez que Jumet et moi-même exposions votre cas. Si les « huiles » acceptent de vous écouter, ce sera alors à vous de démontrer l'utilité d'une telle participation dans une enquête comme celle-ci.

Une onde de satisfaction me traversa. On me donnait une chance.

Bricart appela Sédard. En moins d'une demi-heure, nous étions allés chercher mes papiers et nous prenions la route d'Avranches.

Pendant le trajet, je me laissai aller à mes pensées.

Cette affaire était monstrueuse, certainement une des plus dures qu'aient eu à gérer la police et la gendarmerie du coin. Si je me plantais, non seulement Cynthia ne serait pas vengée, mais de plus je ferais perdre toute crédibilité à des méthodes qui, bien que rodées aux États-Unis, ne trouvaient pas forcément grâce aux yeux de la police française.

Il était déjà arrivé que des soi-disant médiums ou pseudo-voyants orientent des enquêtes dans de mauvaises directions, faisant perdre un temps précieux aux enquêteurs de terrain pour qui la « gamberge » restait la valeur la plus solide au cœur d'une recherche. Si des méthodes non courantes confirmaient leurs déductions, elles devenaient alors plausibles, mais elles ne devaient en aucun cas servir de fil conducteur à la résolution de crime.

En dépit des circonstances, je me mis à rire toute seule, à la surprise de Sédard qui me jeta un œil interrogateur en coin.

— Vous allez bien ? demanda-t-il, pensant sans doute que j'étais en train de craquer nerveusement.

— Autant que possible.

Je lui expliquai rapidement le résultat de mes cogitations et conclus :

— Vous m'imaginez, moi, ni flic, ni gendarme, en train d'expliquer à vos chefs la façon dont je voudrais mener l'enquête…

— Évidemment, cela me paraît gros. Ne vous faites pas d'illusions, je crois qu'ils ne vous écouteront même pas !

— Je vais essayer pourtant. Même si je dois camper devant leur porte, je veux au moins avoir la possibilité de m'expliquer. Comment pourrais-je les convaincre s'ils ne me donnent pas la parole ?

— Je n'y crois pas.

— Pourtant Jumet et Bricart ont l'air d'y croire.

— Peut-être, le problème, c'est que la décision finale ne leur appartient pas. Votre seul espoir, c'est que leur discours soit suffisamment convaincant pour que les chefs acceptent de vous écouter. Ce qui ne veut pas dire qu'ils vous donneront le feu vert pour vous mettre au travail.

Nous arrivions en vue d'Avranches. Depuis les hauteurs qui dominent la jonction avec l'autoroute en provenance de Rennes, la ville apparut dans un halo de brouillard, comme si l'aube refusait de laisser la place au jour franc qui s'annonçait plus couleur de pluie que de soleil en ce 18 juillet.

Je réalisai qu'on était mardi matin, début d'une quinzaine de vacances pour un grand nombre de touristes qui ne se doutaient pas le moins du monde de ce qui se passait sous l'œil majestueux du Mont planté au milieu de la baie.

L'entrée en ville se fit par une place dédiée au général Patton, qui en 1944 conduisit la IIIe armée américaine d'Avranches à Metz. En hommage à ce spécialiste des blindés, un char imposant et incongru trônait au milieu d'un rond-point parfaitement entretenu. Au passage, j'aperçus le poste de police, juste avant que nous empruntions la rue de la Constitution, artère purement commerçante dont les volets se levaient à peine en cette heure matinale. Nous traversâmes un parking longeant le jardin de l'Évêché, avant de nous arrêter à l'entrée du tribunal, situé juste à côté de la sous-préfecture.

Sédard me guida à travers les méandres du tribunal. Nous passâmes devant la salle où officiait le juge aux affaires familiales. Devant la porte attendaient des lambeaux de couples assistés de leurs avocats. Nous franchîmes une haute porte vitrée et montâmes au premier étage. Quelques chaises posées négligemment le long du mur voulaient donner l'impression d'une salle d'attente. Les plafonds étaient très hauts, les portes exagérément grandes. Heureusement, les fenêtres étaient généreuses, laissant passer la lumière qui commençait à vouloir se teinter de soleil. Le biseau de ces carreaux taillés à l'ancienne jouait avec le spectre, faisant un arc-en-ciel sur les moulures blanches de la porte fermée derrière laquelle se tenait la réunion où l'on déciderait du sort de mon idée.

Le gendarme me fit signe de m'asseoir tout en tapant quelques coups discrets au panneau de bois. À l'ordre, il entra, dit quelques mots depuis le seuil. J'imaginai qu'il annonçait ma présence. Il ressortit presque aussitôt :

— Il va falloir patienter un peu.

Il ajouta sur le ton de la confidence :

— Je crois qu'ils parlent de vous.

Il s'excusa ensuite de me laisser seule et repartit, tenu par ses obligations de service. Le monde ne s'arrêtait pas à cause de l'assassinat de deux innocentes. Il fallait expédier les affaires courantes, traiter un tas de dossiers en attente.

Je m'installai le plus confortablement possible et pris mon mal en patience, profitant de ces dernières minutes de répit pour parfaire mon argumentation de travail.

En fait de minutes, j'attendis près d'une heure. De temps en temps, des éclats de voix franchissaient l'épaisseur des murs, mais je ne parvins jamais à en déchiffrer le sens.

Enfin, Jumet sortit de la salle de réunion. Il m'adressa un sourire d'encouragement tout en m'introduisant dans la pièce.

— Monsieur le préfet, monsieur le juge, monsieur le divisionnaire, colonel, messieurs les médecins légistes et les techniciens, voici madame Laura Claes dont nous venons de débattre le cas.

Puis s'adressant à moi :

— Je vous en prie, madame, démontrez-nous l'utilité de votre requête, vos motivations ainsi que vos objectifs.

Il me glissa beaucoup plus discrètement :

— Bonne chance.

****

Chapitre 8

Debout devant la porte donnant accès à la morgue de l'hôpital fraîchement rénové de la ville, je n'étais pas loin de regretter d'avoir réussi mon pari insensé de vouloir mettre mon nez dans l'enquête en cours.

Mon passage devant les « huiles » n'avait pas été une partie de plaisir. Sans les encouragements manifestes quoique muets de Bricart et de Jumet, j'aurais pu renoncer en cours de démonstration.

Les hauts responsables étaient, de premier abord, plus froids que n'importe quel jury d'examen. Je les soupçonnais de me croire là pour satisfaire un voyeurisme morbide ou pire encore.

Cependant, au fur et à mesure de mon exposé, l'ambiance s'était détendue de manière imperceptible. Quand ces messieurs avaient accroché à mon argumentation, leur attitude était passée du mépris à l'intérêt.

J'avais parlé pendant une bonne heure. Non seulement je devais les convaincre de l'utilité d'employer un *profiler*, mais encore fallait-il que ce soit moi qu'ils acceptent. Je devais donc être capable de me montrer sous un jour qui n'était pas le mien : froide et détachée, uniquement préoccupée des faits sans que ma relation avec la victime puisse avoir une influence sur le travail.

Enfin, ils m'avaient soumise à un feu croisé de question allant de ma vie familiale à mon niveau de culture générale.

J'étais ressortie de cette arène vidée de toute énergie. J'avais encore attendu un bon quart d'heure que ces messieurs délibèrent. Bricart était venu me rechercher avec un grand sourire qui en disait long sur le résultat des négociations.

C'était le préfet qui avait pris la parole :

— Madame, vous avez su nous convaincre de l'utilité d'une aide d'ordre extérieur sur une affaire comme celle-ci. Nous allons vous faire signer un contrat de consultante. Vous serez engagée à un poste contractuel. Vous vous présenterez à mon bureau dès cet après-midi. Votre salaire sera celui de base, nous ne pouvons faire mieux pour le moment. Si votre fonction devenait définitive, on créerait un poste adapté. Il va sans dire que vous serez tenue au devoir de réserve : toute entorse à ce point précis serait sanctionnée par un renvoi immédiat.

Il cita des bribes du statut des fonctionnaires :

— Les fonctionnaires sont tenus au secret professionnel dans le cadre des règles instituées dans le Code pénal. Ils doivent faire preuve de discrétion professionnelle pour tous les faits, informations ou documents dont ils ont connaissance dans l'exercice ou à l'occasion de l'exercice de leurs fonctions. En dehors des cas expressément prévus par la réglementation en vigueur, notamment en matière de liberté d'accès aux documents administratifs, les fonctionnaires ne peuvent être déliés de cette obligation de discrétion professionnelle que par décision expresse de l'autorité dont ils dépendent.

« Vous entrez en fonction immédiatement après la pause-café que nous allons faire sur-le-champ.

La réunion avait repris un quart d'heure plus tard.

Je rentrais dans un monde dont je ne connaissais pas grand-chose, où j'allais côtoyer l'horreur à l'état pur.

****

— Entrez, madame.

Lambert me fit entrer dans son antre. Il était très accueillant, chaleureux et sympathique. J'eus l'impression qu'il compensait le sérieux que nécessitait son travail par un caractère enjoué et agréable.

— Avez-vous déjà eu affaire à la mort ?

— Comme tout le monde. J'ai eu l'occasion de voir quelques personnes décédées, de la famille, des amis. J'ai aussi assisté à une autopsie quand je préparais mon mémoire à la fac. Il s'agissait d'une très jeune fille qui avait été violée et noyée par son agresseur. Ce n'était pas très joli à voir, mais j'ai tenu le coup.

— Bien. Si effectivement vous voulez travailler sur le terrain, il va falloir faire de votre cœur une pierre. Vous verrez bien pire que ce que vous avez pu imaginer. Je sais qu'hier vous nous avez dit avoir travaillé sur les tueurs en série. Je dois vous dire qu'entre lire des rapports, même voir des photos, et la réalité il y a un fossé qu'il n'est pas simple de franchir. Êtes-vous toujours décidée ?

Je pris une grande inspiration. Il n'était pas question de craquer maintenant que j'avais franchi l'obstacle administratif. Je devais être à la hauteur. En mémoire de Cynthia.

— Plus que jamais, docteur.

— Appelez-moi toubib. C'est devenu mon nom officiel dans cet hôpital, mais en réalité je m'appelle Jean, tout bêtement.

— Moi, c'est Laura.

— Très bien, Laura. Passons d'abord aux vestiaires. Vous devez vous équiper de pied en cap, afin de ne pas risquer d'introduire des éléments étrangers à l'affaire par vos propres vêtements, chaussures, cheveux ou toutes autres substances, comme fibres, poils, végétaux, etc. Dans l'affaire Bazin, l'autopsie et la récolte d'indices ont eu lieu, mais au cas où vous arriveriez sur une scène de crime ou même ici avant que les techniciens et les légistes aient opéré, chaque poussière que vous introduiriez pourrait fausser le résultat de nos déductions. Vous devez donc enfiler ce type de combinaison, mettre des surchaussures et enfermer vos cheveux dans un bonnet jetable.

Ce disant, il me fournissait le matériel en question emballé d'usine dans des sachets stériles.

— Il va sans dire que nous mettons des gants avant chaque manipulation. Entre les indices que nous risquons de fausser et les maladies que peut transmettre un cadavre, la question ne se pose pas. Quand je fais mes autopsies, je dicte mes notes à un dictaphone en présence d'un OPJ, mais je ne lâche pas le scalpel pour le stylo ou inversement. L'étude des rapports d'analyses biologiques, toxicologiques, histologiques se fait dans un bureau spécialement aménagé à cet effet. Les analyses en elles-mêmes se font au labo qui est au sous-sol. Si nous avons besoin d'utiliser du matériel que nous ne possédons pas ici, les lames à analyser sont envoyées à Caen au labo de la police scientifique.

Nous nous rendîmes dans une pièce aménagée sobrement, de façon fonctionnelle. Des piles de dossiers garnissaient tables et étagères. Lambert nous dégagea un coin de table afin de nous installer pour étudier le dossier de mon amie.

— Les analyses de Cynthia sont bonnes. Elle n'était pas droguée, ni intoxiquée aux médicaments. Cependant, il semblerait qu'on lui ait fait avaler un Tranxène, sans doute pour la rendre plus docile tout en lui laissant sa conscience. Les violeurs n'aiment pas avoir affaire à des femmes trop dociles. Leur plaisir est de sentir leur peur, de les maîtriser. Son état de santé était celui d'une jeune fille de son âge, c'est-à-dire bon. En dépit du fait qu'elle sortait d'une boîte de nuit, son taux d'alcoolémie était minime, soit de 0,08 gramme/litre. Je crois que les rapports de police ne parlent que d'eau ou de soda. On peut en déduire qu'elle a bu un verre sans que personne l'ait remarqué. Peut-être lui a-t-il été offert. Nous allons maintenant étudier le rapport de dissection. Si certains termes vous échappent, n'hésitez pas à me demander ou à un de mes assistants si je suis absent. Les termes médico-légaux ne sont pas toujours faciles à comprendre pour les non-initiés.

Ce rapport était un véritable dictionnaire de mots médicaux. Ils dissimulaient sous leur froideur indifférente des atrocités que j'aurais préféré ne pas avoir à connaître.

Il en ressortait que Cynthia avait d'abord été assommée, comme en témoignait une plaie derrière l'oreille gauche. C'est ce coup qui avait laissé du sang dans ma voiture. La preuve en était faite par l'état de coagulation du sang à cet endroit précis et la présence de cheveux de mon amie dans les traces laissées sur le siège conducteur. À l'intérieur de cette plaie, Lambert avait relevé des microtraces de peinture. Sans doute, celle qui était sur la matraque qu'avait utilisée l'assassin. Cette peinture était maintenant à Caen, avec l'espoir de pouvoir en déterminer l'origine. Certains types de peinture étant utilisés sur des objets précis, cela pourrait donner des idées sur l'utilisateur de l'objet en question.

J'avais étudié un tas de choses pour la préparation de mon mémoire, malgré tout, je restais toujours admirative devant les progrès de la science et ses applications à la recherche des criminels. L'assassin du XXIe siècle avait du souci à se faire. Chronologiquement, Cynthia avait alors subi une alternance de coups de poing, de pied. Comme en témoignaient les réactions vitales de ses organes génitaux et de son sphincter, elle avait été violée. Les seules traces organiques retrouvées étaient du lubrifiant de type gel Terpan. Pas de sperme ou de poils, ce qui aurait permis l'établissement d'un profil ADN du tueur.

Lambert me spécifia qu'il s'agissait du même type de gel que dans le cas Drumont. S'il fallait une preuve que nous avions affaire au même assassin, nous avions là un point concret sur lequel nous appuyer. Les particules trouvées sous les ongles de Cynthia avaient été envoyées à Paris pour une analyse précise et méticuleuse. Lambert espérait y trouver des squames appartenant à l'agresseur et ainsi déterminer enfin son ADN.

Ensuite était détaillé l'historique des coups de couteau. À ce sujet, Jumet, lors de son passage chez moi, avait été explicite. Je n'en appris pas beaucoup plus sauf que le couteau utilisé n'était pas un couteau de commando, mais un couteau de plongée de marque Herban. Les plaies des bras étaient plus profondes que celles des jambes. Sur l'avant-bras droit, le radius était à nu, alors que sur les jambes les coups avaient tranché le jumeau postérieur.

Les coups portés à l'abdomen étaient mortels à terme. Ils avaient provoqué une hémorragie interne importante. Seule une intervention chirurgicale rapide aurait pu endiguer le flot de sang qui avait envahi l'utérus perforé jusqu'à lacération de la paroi intestinale. En admettant que Cynthia ait survécu, elle n'aurait jamais pu avoir d'enfants. Par deux fois, le tueur avait enfoncé son couteau jusqu'à la garde dans le corps déjà mutilé de la jeune fille. Le toubib estimait que, à partir de ce moment, Cynthia était entrée dans un coma volontaire pour échapper à la souffrance. Cette faculté du cerveau humain était dans ce cas précis la meilleure chose qui pouvait se produire.

Le tueur, probablement désappointé de ne plus obtenir de réaction, avait alors brisé les cervicales, puis introduit la lame, symbole phallique de son pouvoir de tueur, dans le vagin de la jeune fille. L'état des plaies et la coagulation du sang sur les blessures indiquaient clairement que cette horreur avait eu lieu *post mortem*.

Il s'était ensuite attaqué au scalp, probablement l'objectif final de son cerveau malade. Lambert me spécifia que la technique utilisée était identique à celle utilisée sur Nelly Drumont. Il était persuadé que cet homme avait une expérience pratique. Il avait certainement travaillé sa science sur d'autres victimes, connues ou non. Les cheveux étaient retirés avec leur support, ce qui devait donner comme résultat, une fois la peau tannée, l'aspect d'une perruque sur calotte.

— Voulez-vous voir le corps ?

J'acquiesçai de la tête, ne voulant pas lézarder la force mentale que j'avais mise en place en vue d'affronter cet instant par des paroles inutiles.

Je le suivis dans un couloir éclairé par de larges baies vitrées. Nous franchîmes une porte banale sur laquelle était inscrit en caractères gras un « MORGUE » laconique. Nous pénétrâmes dans ce corridor de la mort, où deux brancards garnis de draps blancs dissimulaient leur triste chargement aux yeux des visiteurs.

— Ne vous inquiétez pas. Ceux-là sont des morts naturelles. Ils attendent que les pompes funèbres viennent les chercher.

Je passai le long des brancards en longeant au plus près le mur opposé. J'avais l'impression de violer l'ultime intimité de ces gens dont le parcours terrestre venait de s'achever. Je leur envoyai une pensée tout en me disant que l'on ne devait jamais s'habituer à la mort qu'elle soit douce ou violente.

Nous nous arrêtâmes au vestiaire pour enfiler nos équipements stériles.

Nous pénétrâmes ensuite dans une pièce telle qu'on en voit dans les films. Au sol, carrelage blanc, le même que sur la bande étroite qui faisait la jonction entre le dernier tiroir et le plafond. Dans cette chambre froide étaient alignés seize logements destinés à recevoir des corps et à les conserver dans le meilleur état possible en attendant l'autorisation d'inhumer, lors de suicides, accidents graves ou suspects ainsi que les crimes caractérisés. Dans notre région, les crimes n'étaient pas monnaie courante, de ce fait, la victime d'un meurtre était en quelque sorte le chouchou du légiste. Son orgueil n'aurait pas aimé qu'un spécialiste venu d'ailleurs trouve des éléments qui lui auraient échappé. Pour ce faire, Lambert suivait régulièrement des séminaires, des stages de remises à niveau concernant les dernières techniques de pointe. Grâce à ce professionnalisme, le toubib était devenu une sommité dans son domaine, expert auprès des tribunaux. Il était parfois appelé en renfort sur des affaires complexes en dehors de sa juridiction. Cela je l'avais appris, lors du briefing que m'avait fait Jumet, la veille au soir.

Nous traversâmes donc ce que le toubib appelait la chambre froide, arrivâmes dans le Saint des saints : la salle d'autopsie à proprement parler.

— Je savais que vous diriez oui. J'avais fait préparer le corps.

Sur une table en acier qui luisait sous la lueur froide des lampes particulières aux salles d'opération reposait une silhouette qui paraissait frêle sous son drap alors que Cynthia était le symbole même de la force et du dynamisme.

Ici tout était blanc ou acier. Le long des murs il y avait des éviers avec des systèmes de robinetterie permettant de faire couler l'eau sans avoir rien à toucher. Un tas d'instruments barbares étaient à la disposition des médecins dont le travail était de nous analyser sous toutes les coutures après notre mort. Rien ne leur échappait.

En dehors des ciseaux, scalpels, aiguilles et autres instruments chirurgicaux que l'on s'attendait à trouver dans ce genre d'endroit, il y avait aussi des outils qui semblaient sortir tout droit de l'atelier d'un bricoleur émérite. Seuls les matériaux utilisés évoquaient plus la médecine que la mécanique. Il y avait là des scies manuelles ou électriques, un genre de foreuse et un stérilisateur.

J'eus soudain très froid. Quand Lambert s'approcha de la table, je dus faire appel à toute ma volonté pour ne pas quitter la pièce.

Je savais ce qu'avait enduré mon amie. Son corps meurtri était la réalité concrète, la preuve de sa souffrance. Les traces laissées par l'autopsie (on aurait dit « cicatrices » pour un vivant, on disait « artefacts » dans ce cas-ci, m'apprit Lambert) étaient recousues assez grossièrement. Toutes ces plaies n'étaient pas les pires.

Pour scalper sa victime, le tueur lui avait tranché la calotte crânienne. Le légiste, lui, avait découpé l'os afin d'extraire le cerveau et en faire l'analyse comme le veut le protocole normal en cas d'autopsie.

L'os avait été remis en place, mais le manque de peau sur le crâne donnait un aspect étrange à la si jolie Cynthia.

La peau du visage n'était plus retenue que par l'os frontal et les temporaux. Ses traits étaient devenus flous à cause de l'affaissement des muscles. J'eus l'impression de la regarder à travers une mare d'eau.

Cynthia n'était plus telle que je l'avais connue. Elle disparut dans un brouillard qui s'épaissit jusqu'à l'infini.

Je m'évanouis.

****

Chapitre 9

— Ça va mieux ?

Assise dans le bureau de Lambert, je reprenais mes esprits peu à peu. Je m'en voulais terriblement d'avoir craqué. Je craignais que cet aveu de faiblesse ne remette en cause tous mes projets.

Lambert dut percevoir mon angoisse. Avec un sourire rassurant, il ajouta :

— Ne vous inquiétez pas. Il n'y a rien d'anormal là-dedans. C'est le contraire qui m'aurait paru bizarre. On n'est jamais préparé à voir ce genre de choses. Au contraire, vous faites preuve d'humanité, c'est tout à votre honneur. Ce sera notre petit secret. Si vous allez mieux, on va aller boire un café et oublier cet incident.

Je lui serais éternellement reconnaissante d'avoir tu mes faiblesses à un Jumet ou un Bricart qui n'auraient certainement pas manqué de souligner d'un ton ironique « Je vous l'avais bien dit ! » que je n'avais aucunement envie d'entendre.

Les parents de Cynthia avaient été prévenus. Ils seraient rapatriés d'ici deux jours. L'enterrement aurait lieu le lundi suivant, soit huit jours après le massacre.

91

Je ne savais pas comment ils avaient été prévenus et me sentais très mal à l'idée de les rencontrer. Cynthia avait beau être majeure, ils me l'avaient confiée moralement. Or moi je leur rendais un cadavre témoin de toutes les horreurs qu'avait vécu leur bébé.

Si ces gens m'en voulaient pour toujours, je ne pourrais rien leur reprocher. La seule chose que je puisse faire, c'était de tenir le pacte moral que j'avais pris avec moi-même en souvenir de mon amie.

Ces pensées occupaient mon esprit lorsque j'arrivai à la cellule de crise.

Seuls les administratifs étaient là, faisant ingurgiter aux ordinateurs quantité d'informations que la machine allait traiter, recherchant le moindre recoupement ou similitude avec des cas pouvant rappeler de près ou de loin ceux qui étaient au centre de nos préoccupations. Le téléphone sonnait à intervalles réguliers. Une gendarmette était de faction. Elle avait suivi une formation spéciale et venait de Paris pour la durée de l'enquête. Son travail consistait à traiter les appels : différencier ceux de pure fantaisie passés par des dingues ou simplement par des gens cherchant à se rendre intéressants et ceux susceptibles de fournir le moindre renseignement, si petit soit-il. C'était une énorme responsabilité. La moindre erreur pouvait faire perdre un temps précieux, voire faire manquer le début d'une piste sérieuse.

Sur un panneau de liège derrière les bureaux de Bricart et de Jumet, qui se faisaient face, se trouvaient épinglées les photos de scènes de crimes, numérotées et annotées pour certaines.

Je m'approchai. Je ne connaissais pas Nelly Drumont. Le premier cliché était celui fourni par les parents lors de la recherche de leur fille disparue. C'était une très jolie blonde offrant un sourire éclatant légèrement démenti par un rien de nostalgie au fond des yeux. Les photos de son corps n'avaient rien de mieux que celles de Cynthia. Seul le cadre était différent.

Je rejoignis le coin qui m'avait été attribué. Il s'agissait d'un bureau en métal gris et d'une chaise en bois situés en retrait du gros du staff. Pas de téléphone ni d'informatique à ma disposition mais, en attente devant ma place, un énorme dossier à couverture verte à côté d'un autre, plus petit, à couverture bleue. Les étiquettes d'écolier collées en haut, à droite, indiquaient le nom du cas traité.

Le vert pour Nelly Drumont, le bleu pour Cynthia Bazin. J'avais droit à une copie de chaque document. Dans un étui plastifié, je trouvai une carte barrée des couleurs nationales attestant de mes qualités de consultante en matière de police. Sur un papier aide-mémoire, je trouvai les numéros de portables de Jumet et de Bricart.

Les choses prenaient tournure. Il ne me restait plus qu'à me mettre au travail.

Je touchai d'un geste tendre le dossier de Cynthia, puis me ravisai. Je le connaissais déjà bien.

Il valait mieux que je me mette à travailler sur celui de Nelly. Je pourrais ainsi établir les comparaisons.

Pendant près de deux heures, j'étudiai les rapports d'enquêtes.

Nelly Drumont avait vécu des moments tout aussi difficiles que Cynthia. Son extrême jeunesse avait un côté attendrissant. Elle s'était fait enlever à la sortie de l'école, alors qu'elle rentrait chez elle tout heureuse à l'idée d'annoncer à sa mère une excellente note en mathématiques, matière où elle connaissait des difficultés. La dernière fois qu'elle avait été vue, elle était seule à un feu rouge, attendant de pouvoir traverser. Il lui restait à cet instant dix minutes de marche avant de rejoindre son domicile. Elle avait donc été enlevée à moins d'un kilomètre de chez elle, en plein jour et en ville. Nelly était connue pour sa gentillesse. Avait-elle voulu renseigner ou aider quelqu'un ? Connaissait-elle son kidnappeur ? Autant de questions qui restaient sans réponse. Au vu de l'enquête et de l'interrogatoire des parents, il apparaissait que la jeune fille était très romantique. Les photos de sa chambre tapissée de posters de chanteurs ou d'acteurs beaux comme des dieux laissaient supposer qu'elle avait une faiblesse particulière pour les hommes de type latino. Elle attendait un prince charmant aux allures de Julio Iglesias.

Elle était mince, jolie, peu sportive et d'avis général assez timide. Ce dernier point ne collait pas. J'imaginai mal une jeune fille timide monter tout de go dans la voiture d'un inconnu. Puisque personne n'avait été témoin de violences dans les rues, Nelly devait être consentante au moment de l'enlèvement. Quel moyen avait utilisé le tueur ? Le charme, la persuasion, les arguments genre « accident arrivé aux parents » ou encore le dénicheur de talents qui vient de trouver la reine du mannequinat pour les dix prochaines années ? Quelle que soit la raison, elle avait payé cher sa naïveté.

En plus des souffrances, Nelly Drumont avait connu l'angoisse de la captivité. Sa fiche de disparition annonçait une fille de cinquante-cinq kilos pour un mètre soixante-cinq. Le rapport du légiste donnait un poids de quarante-huit kilos. Même si le ravisseur l'avait maintenue en vie, la malheureuse portait les stigmates de ses peurs et de son enfermement.

Le champ de salades n'avait pas donné beaucoup d'éléments permettant de faire progresser l'enquête. Les empreintes de pas et de voitures étaient trop nombreuses pour livrer la moindre information crédible. Par contre, la piste tendant à l'arrivée par voie d'eau prenait du poids. Un habitant de Pontorson avait porté plainte pour le vol d'une plate, un canot à fond plat, comme son nom l'indique. L'engin amarré sous un pont avait disparu deux jours avant la découverte du cadavre. Des traces sur la rive et dans l'herbe des bas-côtés permettaient de supposer de façon presque certaine que le canot avait été tiré au sec avant d'être embarqué à bord d'un véhicule. Seulement, cela s'était passé de nuit. Personne aux alentours n'avait vu le véhicule en question. Jumet et Bricart semblaient estimer qu'il s'agissait vraisemblablement là du moyen utilisé pour emmener Nelly dans son champ de salades. Des faits concrets jouaient en la faveur de cette hypothèse. Le Couesnon passait environ cent mètres en contrebas de l'endroit où les maraîchères avaient découvert le corps. L'homme, en portant sa victime pour venir la déposer là où il le voulait, devait de par son poids, ajouté à celui de la victime, avoir laissé des traces entre la rive humide et son point de chute. Il n'y avait pas d'empreintes franches, mais des traces brouillées. L'homme semblait avoir pensé à tout en voulant effacer ses marques à l'aide d'un objet genre balai de coco. Malheureusement pour lui, heureusement pour la progression de l'enquête, en descendant du bateau, il avait posé un pied dans la fange recouverte de quelques centimètres d'eau clapotante.

En voulant effacer ses empreintes, il avait oublié un détail. Le Couesnon subit les marées. Un technicien de la police scientifique avait eu l'idée de revenir à marée basse. Il avait découvert une magnifique empreinte séchant au soleil dans l'attente de la marée suivante. Les différentes simulations virtuelles élaborées à partir du moule en plâtre prélevé sur place avaient permis en fonction de ses paramètres et ceux du poids du cadavre d'établir qu'il s'agissait d'un homme d'environ quatre-vingt-cinq kilos. Avec une pointure 46, sa taille était estimée entre un mètre quatre-vingt-cinq et un mètre quatre-vingt-dix. Il portait des chaussures de sport genre running, laissant des rainures caractéristiques, le sigle de la marque apparaissant en relief. On pouvait, grâce au fabricant, affirmer que le tueur possédait des Nike d'un modèle de l'année, d'un prix d'achat assez conséquent.

Le fait que l'homme, si organisé, n'ait pas pensé au retrait de l'eau pouvait signifier qu'il ne connaissait pas l'influence de la marée sur le petit fleuve. Cela impliquait qu'il n'était probablement pas originaire du coin, ou qu'il n'y habitait pas régulièrement, car ce détail tous les autochtones le connaissaient. Dans le cas contraire, il aurait pensé à brouiller les empreintes subaquatiques autant que les terrestres.

On pouvait affirmer par le même biais que le corps avait été déposé entre quatre heures trente, à marée montante, et cinq heures trente, début du lever du jour.

Malheureusement, à cette heure matinale, aucun témoin n'avait remarqué quoi que ce soit.

Les techniciens avaient fait un travail formidable. L'ordinateur avait pour sa part établi un schéma correspondant aux différents paramètres. Le papier photo donnait l'image d'un personnage fantôme sans visage, grand et élancé. Je contemplai longuement cette silhouette en me jurant encore une fois d'y associer un visage.

Je continuai ma lecture avec le rapport d'autopsie.

Amaigrie, régulièrement frappée, comme en témoignaient des ecchymoses à différents stades du bleuissement, Nelly avait été ligotée et bâillonnée. Malgré sa timidité et son côté introverti, elle avait dû chercher à crier ou à se défendre. Personne ne subit viol et perversion durant trois semaines sans chercher à s'en sortir. Elle s'était forcément rebiffée. Sa punition avait été de finir attachée. Les fibres retrouvées autour de ses poignets provenaient de corde ordinaire, vendue en gros rouleaux dans les supermarchés. Les bouts de tissu coincés entre ses dents provenaient eux d'un foulard en coton de type provençal, à impression de fleurs de couleurs vives.

J'imaginai la panique de l'adolescente alors que son agresseur s'approchait d'elle avec ce parapluie qui allait devenir son instrument de mort.

L'objet avait livré peu d'information. Il s'agissait d'un parapluie publicitaire fabriqué à des milliers d'exemplaires pour un journal national. Ils avaient été distribués lors de fêtes, kermesses et autres javas populaires. Le tissu imperméabilisé n'avait pas encore livré d'empreintes. Des spécialistes équipés des dernières techniques, comme l'évaporation de colle puis passage sous une lumière à spectre particulier, cherchaient encore. On avait relevé des fibres de tissu et des débris microscopiques de plantes grâce à de l'adhésif passé sur l'ombrelle. Il en découlait que ce parapluie avait été transporté sur un tapis de sol comme on en vend dans les centres automobiles. Le tueur protégeait donc l'intérieur de son véhicule par des tapis communs. Si les techniciens spécialisés avaient toutes les chances d'en établir la marque grâce à sa composition, ce genre d'objet était tellement banal, adaptable sur tout type de véhicule, que cela ne permettait pas de cibler la marque automobile utilisée par le tueur.

Les débris de plantes provenaient de géraniums, pétunias et œillets d'Inde. On pouvait en déduire que notre homme avait transporté des plants décoratifs destinés à agrémenter une maison ou un balcon. Il avait donc fait comme les trois quarts de la population de la région où l'on aimait particulièrement les fleurs. Ce détail bucolique était intéressant au niveau psychologique.

Je commençai à noter mes impressions pour les enquêteurs.

Malgré son absence d'empathie envers ses victimes, le tueur avait donc une sensibilité. Si j'en croyais mon sentiment basé sur l'analyse des faits, on se trouvait face à un homme vivant seul dans une maison dont il prenait soin. Il était ordonné, devait avoir un jardin soigné, aux parterres garnis d'œillets d'Inde, et des appuis de fenêtres fleuris de géraniums et de pétunias.

Le type de chaussures qu'il portait lors du meurtre de Nelly valaient à elles seules 10 % d'un SMIC. À moins d'une passion particulière pour l'habillement, cela signifiait qu'il disposait de certains moyens financiers, tout comme pour la décoration florale.

Il prenait soin de son véhicule qui était garni de tapis de sol protecteurs. Dans le même ordre d'idée, je pensai que les sièges devaient être recouverts de housses. La voiture devait être récente et entretenue autant d'un point de vue mécanique qu'esthétique.

Il était organisé. Tout était pensé dans le détail. Des études prouvaient que ce genre d'individu achetait des voitures de couleurs sombres, bleu marine ou noires. Le vol de la plate laissait penser à la présence d'une attache-remorque. Le personnage était méticuleux. Les cadavres étaient propres, nettoyés des obligatoires mares de sang provoquées par les manipulations qu'ils avaient subies. Il disposait donc d'un lieu approvisionné en eau et évacuation d'eau sale.

Je regardai encore les photos de la chambre de Nelly et repensai aux goûts de Cynthia en matière d'hommes.

Pour Nelly, on tombait indéniablement dans le type méditerranéen, beau, cheveux noirs, œil de braise, teint basané. Seulement, par rapport à l'empreinte qui avait livré ses secrets, cela ne correspondait pas d'un point de vue anthropomorphique pur. Souvent les hommes du Sud ne sont pas excessivement grands.

Par contre, Cynthia aimait les hommes qui lui apportaient un sentiment de protection. Se réfugier contre une épaule large était pour elle un facteur érotique non négligeable. Je lui avais connu deux amis. Les deux avaient les cheveux bruns. L'un les yeux marron, l'autre les yeux noirs. Les deux mesuraient plus d'un mètre quatre-vingt.

Les critères de taille se basant sur un indice concret, en supposant que l'empreinte relevée appartienne bien au tueur, j'en déduisis que notre suspect devait être grand, avoir les cheveux noirs ou bruns, les yeux foncés. Deux filles ayant les mêmes tendances en goûts masculins étaient tombées dans le même piège.

Nelly ne serait pas partie avec un blond aux yeux bleus, quant à Cynthia elle n'aurait pas suivi un homme plus petit qu'elle.

En résumé, je recherchais un homme beau, grand, que je voyais de type méditerranéen, méticuleux, possédant une voiture sombre et propre, ainsi qu'une maison isolée garnie de fleurs. Il devait avoir certains moyens financiers donc une situation professionnelle confortable. Il devait acheter ses vêtements et chaussures dans des boutiques proposant des marques.

Il buvait du champagne, Cynthia n'en aurait jamais consommé seule.

Son mode opératoire était pour l'instant sensiblement le même : enlèvement, séquestration, viol, exécution.

Sa signature resterait immuable, tant qu'il agirait. Les cheveux étaient son fantasme majeur. Le tout était de découvrir pourquoi et où il avait appris à scalper de manière aussi parfaite.

Le portrait se dessinait doucement dans ma tête. Je n'en avais pas encore les traits précis. Je savais que j'y arriverais. Ce n'était qu'une question de temps.

****

Chapitre 10

En quittant la cellule de crise, je me rendis d'abord à Pontorson. Je voulais, maintenant que je connaissais les rapports, m'imprégner des lieux de découverte des corps. Ce n'étaient évidemment pas les endroits où avaient été perpétrés les massacres. Pourtant, quelque chose avait fait que le tueur avait choisi ces endroits précis pour déposer les corps. Je voulais découvrir ses raisons, espérant qu'elles m'éclaireraient sur la personnalité de l'individu.

Je pris une départementale pleine d'ornières qui menait à l'exploitation maraîchère juste après avoir dépassé les dernières maisons en limite du bourg. Des deux côtés du chemin s'étendaient des cultures de petits légumes qui poussaient dans une terre particulière, noire mélangée de sable, typique de la région. Il y avait là, alternativement rangés comme des cohortes de petits soldats bien disciplinés, des poireaux, des salades, du persil ainsi que des lignes d'échalotes. Par mon carreau entrouvert pénétraient des senteurs donnant envie de se préparer une bonne soupe comme en faisait ma mère.

Ici pas de mécanisation. On désherbait à l'aide d'un pulvérisateur qu'un homme portait sur le dos ou, pour les cultures les plus fragiles, carrément à la main. Bio oblige. La récolte se faisait par des femmes engagées ponctuellement, de préférence à la fraîche quand la rosée exhaussait plus encore la fraîcheur des primeurs.

Il n'était pas très difficile de pénétrer dans ces potagers géants. Aucune barrière, aucun fil électrique n'en barrait l'accès. La confiance était de mise. En dehors de la saison d'été où quelques touristes indélicats tentaient le libre-service, jamais on ne constatait de vol.

Cela faisait maintenant plus d'un mois que des cueilleuses avaient découvert le corps de Nelly. Le champ était vide de ses salades. Je me demandai si celles-ci avaient été commercialisées malgré les circonstances.

Je ne mis pas longtemps à trouver ce que l'on nommait communément la scène du crime, même si ce n'était pas à cet endroit que l'acte en lui-même avait eu lieu.

Un ruban blanc et rouge délimitait l'endroit où avait été découvert le corps de Nelly, devenant zone d'investigation de la police scientifique. Les intempéries avaient arraché en partie les fins poteaux métalliques, laissant le chevron de plastique se lacérer au gré du vent.

— Que faites-vous là ?

J'allais quitter le chemin goudronné pour traverser la terre jusqu'à l'endroit qui m'intéressait quand une voix rauque et gutturale bloqua mes intentions.

— Arrêtez !

— Bonjour !

— Qui êtes-vous ? Encore une journaliste ? Fichez le camp ! J'en ai assez.

Le ton montait.

L'homme semblait harassé. Il était âgé d'une soixantaine d'années, portait une salopette de travail garnie de grosses fermetures Éclair blanches et un chandail marron qui avait connu des jours meilleurs. Il était chaussé de bottes vertes comme celles des chasseurs, dont la couleur disparaissait sous une croûte de boue séchée, accumulée certainement depuis plusieurs jours. Sous sa casquette d'un écossais passé, ses yeux d'un bleu très clair démentaient le ton autoritaire de ses paroles. Pourtant, le fusil chargé qu'il tenait à la main droite fit que je me montrai très prudente et coopérative.

— Je m'appelle Laura Claes. Je suis consultante officielle dans l'enquête sur les meurtres. J'ai une carte.

Avec prudence, j'entrouvris mon sac et sortis ma carte toute neuve. Je la lui tendis avec un sourire engageant.

Il s'approcha avec méfiance, saisit le plastique entre ses doigts crevassés par le travail de la terre et allongea le bras comme chaque personne atteinte de presbytie.

— Bon ! Ça va. Vous auriez dû passer par les hangars. Je serai venu avec vous. Vous comprenez, j'ai vu cette petite. Personne ne devrait subir ce genre de choses. Depuis, je garde les lieux. C'est devenu sa sépulture. Quand les journalistes viennent piétiner partout, c'est comme s'ils violaient sa tombe. Pendant la journée, je les fous dehors. Y en a qui reviennent la nuit, alors je leur colle du gros sel dans le pétard !

Il se mit à rire d'un air désabusé.

— Personne ne s'est plaint ! Ils savent bien que ce qu'ils font est mal. Ils n'ont aucun respect.

Je m'excusai de n'être pas venue me présenter à la propriété et l'assurai de mes bonnes intentions.

— Mon travail consiste à comprendre. Savoir ce qui a provoqué le geste du tueur. M'imprégner des endroits pour mieux sentir sa façon de penser, de réagir.

— Y a rien à comprendre, ma p'tite dame. C'est un dingue, c'est tout. Mais si vous pouvez quequ'chose pour le coincer, alors allez-y ! Travaillez ! Mais la prochaine fois, venez me voir d'abord, cela vous évitera le gros sel !

Il me tourna le dos en s'éloignant d'un pas lourd sans entendre mon merci que je prononçai pourtant avec force.

Cet homme resterait marqué à jamais. Sans la connaître, il s'était identifié à un proche de Nelly pour l'avoir vue martyrisée. Il défendrait sa cause tant qu'il le pourrait. Le tueur avait intérêt à éviter sa route. Dans le cas contraire, le contribuable français avait toutes les chances d'éviter les frais d'un procès et d'une perpétuité.

Ce jour-là, le vieil homme mettrait sûrement autre chose que du gros sel dans sa carabine.

****

J'étais restée longtemps dans l'ex-champ de salades. Le paysan parti, seuls les chants des oiseaux qui nichaient dans les bosquets longeant la rive déparaient avec le silence qui semblait s'être installé sur le site. J'avais longé le rectangle délimité par la police en tous sens avec un espoir infime de trouver quelque chose de concret. Bien entendu, je ne trouvai rien. Les techniciens avaient fait leur travail de fourmi, rien ne leur échappait. Je restai à l'endroit où la terre avait été creusée pour y planter le corps. Elle était encore sombre à cet endroit. J'avais écouté le clapotis de l'eau agitée par le courant et un vent léger. Tout ici respirait le calme et la détente. On ne pouvait imaginer un instant que ce havre de douceur soit devenu le linceul d'une adolescente martyre.

À ce moment, la sonnerie de mon portable brisa le silence, provoquant l'envol effrayé d'une alouette qui s'était tapie dans les herbes à mon approche.

C'était Jumet :

— On a retrouvé la plate. Elle a été sabordée à la hauteur du camping du bourg. Vu l'état, cela doit faire un moment. C'est un pêcheur qui, ayant pris sa ligne dans les débris, a donné l'alerte. Les plongeurs ont remonté deux ou trois choses intéressantes. Voulez-vous nous rejoindre ?

— J'arrive immédiatement.

Il me fallut moins de dix minutes pour arriver sur les lieux. Je laissai ma voiture en amont, le sentier longeant le fleuve étant piétonnier, aménagé pour les sportifs du dimanche avec un parcours dit de santé. Les barrières avaient été ouvertes, laissant passer les véhicules de service, mais je ne me sentais pas encore capable de franchir des interdits publics, ce que ma nouvelle fonction me permettait cependant de faire.

Une intense activité régnait dans ce lieu habituellement tranquille. La gendarmerie avait fait appel à des plongeurs des sapeurs-pompiers qui draguaient méticuleusement le fond du Couesnon. La plate était amarrée par des bouts à un arbuste, soutenue par une flottabilité de secours, c'est-à-dire deux boudins fluorescents de plastique gonflables. Sur la rive et sous les yeux des campeurs épatés d'assister à une opération de police qu'ils évoqueraient pendant leurs soirées d'hiver, Jumet et Bricart, en collaboration avec deux techniciens de la section d'enquêtes criminelles, observaient ce qui devait être un sac-poubelle gris.

— Ah ! Vous voilà.

Bricart désigna d'un geste du menton le sac en plastique.

— Voilà sans doute la façon dont il a transporté le corps. Deux sacs de cent litres mis tête-bêche pour emballer sa victime. Malgré l'eau, il reste des traces de sang. Ce sera analysé dans le courant de la journée. Si c'est effectivement celui de Nelly Drumont, on aura progressé. Nous aurons des certitudes sur la manière dont il a transporté sa victime.

Il y avait aussi sur le sol la godille permettant de faire avancer le bateau. Pas de moteur. Un transport excessivement silencieux qui, de nuit, n'avait attiré l'attention de personne.

L'homme possédait-il un embarcadère particulier ou avait-il transporté sa victime en voiture avant de la charger sur la plate ?

— Qu'en pensez-vous ?

C'est Jumet qui avait posé la question.

— Je pense qu'il agit sans crainte. Il connaît suffisamment le coin pour savoir où procéder sans être dérangé. Il est à l'aise avec l'élément liquide, car ce genre de bateau mal utilisé peut facilement embarquer de l'eau et couler n'importe où. Il doit donc avoir des notions de navigation. Peut-être des loisirs nautiques. Il est très ordonné, réfléchi, méticuleux. Sans la présence hasardeuse de ce pêcheur, on n'était pas près de trouver ces preuves. Nous avons actuellement plus de chance que lui pour ce qui est des indices matériels. L'erreur de l'empreinte n'en est sans doute pas une. Il a été dérangé, à moins qu'il n'ait tout simplement pas pensé que le fond pouvait se découvrir et donc révéler des empreintes.

Je continuai :

— Je suis passée au bureau. Je vous ai laissé quelques conclusions. Sa personnalité et même son physique se dessinent doucement.

Je leur résumai mes cogitations puis les quittai afin de me rendre en forêt de Villecartier où se trouvait la fermette de John Mac Enzie.

Il fallait que j'arrive à cerner la personnalité de ce tueur. Le champ où avait été retrouvée Nelly Drumont nous avait fourni plus d'indices matériels que psycho-logiques. J'espérais que la ferme serait plus loquace.

En quittant la nationale qui traversait le domaine de nombreux chevreuils, je m'engageai d'abord sur une départementale juste carrossable puis, ne possédant que le nom du lieu-dit sans plan d'accès, je me trompai deux ou trois fois de sentier avant d'en trouver un menant chez l'Anglais. « La croix des daims » rebap-tisée « Little Farm » comme l'indiquait le panneau situé à l'entrée, représentait la demeure idéale pour tous les gens comme moi, aimant la tranquillité, fuyant à tout prix la ville et ses embarras.

Elle avait un côté maison des sept nains. « Little Farm » était certainement le nom qui lui convenait le mieux. Perdue au milieu d'une clairière de la forêt de feuillus, elle captait la lumière du soleil qui s'était enfin rendu compte que nous étions en été. Construite en pierre de taille par des bûcherons au siècle dernier, elle trônait, les arbres s'inclinant vers elle comme désirant la protéger de leurs branches déployées.

Un homme à qui il ne manquait qu'une tasse de thé pour certifier ses origines passa la porte. Il me dévisagea longuement avant de m'adresser la parole :

— Qui êtes-vous ?

Je recommençai mon laïus.

John Mac Enzie était un homme sympathique. Il me reçut et tint absolument à m'offrir un whisky avant de me montrer les lieux.

— Je suis désolée, je ne bois pas d'alcool, en tout cas pas dans la journée. Un verre d'eau si vous voulez bien.

— Pas question ! Au pire je peux vous faire un thé. Allez-y. Visitez pendant que je prépare.

Son accent était à couper au couteau, les R roulaient dans sa gorge comme la bille d'un sifflet à roulette.

Je quittai la pièce principale qui, malgré deux fenêtres et une porte vitrée, était très sombre. Mac Enzie était sorti par une porte battante comme celles des saloons dans les westerns. Je l'entendais manipuler les instruments nécessaires à la sacro-sainte préparation du thé vue par les Britanniques. Il aurait hurlé au scandale devant mes sachets habituels.

Je m'engageai dans un couloir tellement étroit qu'un homme de bonne taille n'était pas certain de pouvoir l'emprunter de face. Trois portes, une à gauche, une à droite, une au fond. À droite, je trouvai des toilettes, à gauche une salle de bains, ou plutôt une salle de douche. Restait la porte du fond. Je la poussai non sans une certaine appréhension. C'était là que l'enveloppe charnelle de Cynthia avait fini son parcours. J'avais beau savoir qu'elle était morte avant d'arriver là, l'idée de mon amie déposée sur ce lit désuet aux barreaux de cuivre me tordit le ventre. Son corps reposait maintenant dans un tiroir réfrigéré de la morgue en attendant que les parents revenus organisent des funérailles dignes de ce nom. Cela me semblait une blessure de plus pour mon amie qui aimait tant la chaleur et le soleil que d'être ainsi maintenue au froid. Il était grand temps de régler les derniers détails pour que les obsèques puissent enfin avoir lieu.

En entrant dans la chambre, je réalisai que Mac Enzie avait dû y faire un grand nettoyage.

Plus d'odeurs nauséabondes comme décrites par le rapport de police. Les meubles avaient été tellement bien briqués qu'ils reflétaient ma silhouette floue. Les effluves de cire d'abeille charmaient mon odorat au gré du léger courant d'air entrant par la fenêtre ouverte, garnie de cotonnade à fleurs toute neuve. Les cuivres du lit avaient subi le même sort et jouaient avec les rayons du soleil. Un broc ancien garnissait la commode pendant que des sujets en porcelaine représentant des chats dans toutes sortes de positions égayaient les chevets austères.

La voix grave de l'Anglais me fit sursauter.

— Ce n'est pas ce que vous vouliez, n'est-il pas ?

Son français n'était pas encore parfait.

— J'aurais voulu comprendre…, voir pour comprendre.

— Bien sûr. Quand la police m'a dit qu'ils avaient terminé, je me suis mis au travail. C'était insupportable de laisser la pièce en l'état. J'ai même pensé revendre la maison, mais on m'a dit que je n'y arriverais pas si vite après le crime. Alors, j'ai fait le vide.

Il ne fallait pas que ma femme trouve à son arrivée la moindre trace de ces horreurs.

— Je comprends.

— Il ne reste qu'une chose. Ou plutôt deux.

— Oui ?

— Le matelas. Il est encore derrière. La police a emporté la literie mais pas le matelas. Ils ont dit qu'on pouvait le jeter.

— Et l'autre chose ?

— Je ne sais pas si…

— Dites. Rien n'est à négliger. Si c'est sans importance, ce n'est pas grave.

— Votre amie était rousse, n'est-il pas ?

— Oui.

— Les rousses aiment le vert. Voilà. Ne vous méprenez pas. Je n'ai aucune certitude… Je ne dis pas que la police ait oublié quoi que ce soit mais…

Il commençait à m'énerver à tourner autour du pot.

— Allez-y, monsieur Mac Enzie. Rien ne sera reproché à qui que ce soit.

— Bon. Lors de mes travaux de rénovation, j'ai retiré la moquette. Derrière le lit, entre la plinthe et la chape, j'ai trouvé ceci.

Il s'éloigna dans le couloir, retourna dans la salle. Je l'entendis ouvrir un tiroir puis revenir.

Il me tendit un sac en plastique contenant un tout petit morceau de tissu vert passé.

— Attention, me prévint-il. Je n'ai aucune idée d'où cela peut provenir. Peut-être que cela n'a rien à voir avec ce qui vous intéresse. Disons juste que j'aurais eu mauvaise conscience de le jeter. Ne me demandez pas pourquoi. Je n'en sais rien.

Je me rappelais parfaitement la tenue de Cynthia quand elle avait quitté la maison. Elle ne portait rien de vert. John reprit la parole.

— Il n'y avait rien de vert dans cette chambre. Toute la literie était en lin blanc, la couette en coton brodé blanc aussi. J'espère que cela va vous aider. Je me sentais un peu ridicule d'apporter ce truc à la gendarmerie. Votre visite m'arrange bien.

Nous allâmes ensuite voir le matelas bruni du sang de mon amie. Il ne m'apprit rien de plus. John insista ensuite pour que je prenne le thé. Il me parla de son pays et de ses légendes. C'était passionnant et non dénué d'intérêt. Seulement, cela, je ne m'en rendis compte que plus tard.

****

CARNET (EXTRAIT)

À l'heure où les prunes bleuissent sous la lune,
Je t'ai trouvé, toi magnifique brune sur l'onde
fraîche de la Sélune.
Tu nageais dans l'onde sombre, prenant un bain de
minuit
Te croyant seule au monde dans cet univers sans
bruit.
Je t'avais vue venir la veille et te guettais depuis le
crépuscule.
Tu te voulais compagne des animaux nocturnes
Dont tu chérissais la vie de noctambules.
Mes yeux de nyctalope se sont posés sur ton corps.
Provoquant en moi le désir de ta mort.
La cascade de tes cheveux magiques de beauté
Cachait la plénitude de ton giron qui me serait à
jamais réservé.
Tu m'appartiens dès cet instant
Je peux poser mes mains sur tes seins blancs et
noyer mes yeux pervers dans le déluge des larmes de
ton dernier revers.

ASJ

Chapitre 11

Annabelle Reuters avait des origines allemandes par son grand-père paternel. Elle passait cette première quinzaine d'août dans un camp organisé par une association de protection de la nature et de réimplantation d'espèces sauvages en voie de disparition en Bretagne et en Normandie.

Le camp se terminait. Elle repartait le lendemain, mercredi 16 août, pour échapper aux embouteillages promis par Bison Futé, grand manitou de la sécurité routière en France, en ce mardi 15, jour de grand retour des vacanciers de la première quinzaine du mois.

Elle avait aimé les activités du camp, mais regrettait une météo médiocre. Le soleil s'était fait prier. Alors qu'elle espérait un joli bronzage, elle revenait presque aussi blanche qu'au départ.

Souvent le temps devenait clément au crépuscule. En allant observer les loutres et les castors réintroduits dans les rivières, elle avait pris l'habitude de se baigner nue dans les eaux fraîches après son travail d'annotations sur les habitudes des animaux.

De par ses origines, elle était nettement moins inhibée que ses camarades. Dans sa région d'origine, sur les plages de la Baltique, la nature avait des droits admis par tous. Il n'était pas rare de voir des nudistes, sans que cela choque personne.

En France, c'était très différent. Pour se baigner nue, il fallait aller dans des zones réservées ou sur des portions de plage bien délimitées où l'on tolérait le naturisme. Seulement, là se promenaient un tas de vieux cochons dont le seul but était de se rincer l'œil devant de la chair fraîche.

Tout en faisant son travail nocturne, Annabelle s'était dit que, de nuit, dans ce champ désert, elle ne dérangerait personne. Le chef de stage passait à heure fixe, et ses camarades étaient placés tous les kilomètres afin de couvrir le maximum de distance jusqu'à la baie.

Le premier soir, elle avait trouvé l'eau fraîche, mais avait été séduite par la visite d'une des loutres qui, curieuse, était venue nager autour d'elle. Certains de ces animaux élevés par l'homme avaient la nostalgie de contacts humains.

La jeune loutre était revenue tous les soirs. Les deux nouvelles amies faisaient dans le secret le plus absolu des ballets aquatiques à faire pâlir d'envie Murielle Hermine.

Annabelle n'avait rien dit à personne. D'une part, elle voulait préserver l'animal en évitant que tous les stagiaires aient l'envie de l'imiter. Ensuite, cela n'entrait pas vraiment dans le cadre de réimplantation de la vie sauvage que d'aller jouer avec les sujets d'expérimentation. Elle aurait certainement subi les reproches du chef si celui-ci avait su les jeux auxquels elle se livrait.

La nature devait reprendre ses droits. Les animaux devaient se débrouiller sans les hommes.

Pourtant, quand le museau moustachu faisait son apparition, l'invitation était trop tentante, et les deux partenaires s'offraient des parties de plaisir sans fin. C'était toujours Annabelle qui rompait le combat, épuisée, alors que l'animal restait frais et dispos.

La loutre patientait alors quelques minutes puis, voyant que sa compagne ne répondait plus à ses invitations, replongeait dans les méandres du fleuve jusqu'au lendemain.

Ce soir-là, Annabelle se sentait triste. Comment faire comprendre au petit animal qu'il n'y aurait pas de lendemain ?

La nuit était magnifique, éclairée d'une lumière bleue où se complaisait la pleine lune. Durant ces nuits d'août, les étoiles filantes étaient reines, offrant chaque soir à des milliers d'amoureux l'occasion de faire des vœux qu'ils souhaitaient voir se réaliser.

Annabelle, elle, ne rêvait pas encore à l'homme de sa vie. Elle voulait une licence en zoologie puis partir étudier les animaux d'Afrique au Kenya. Une spécialité en lien avec les éléphants la tentait assez.

Toute à ses pensées, elle se déshabilla lentement, offrant ses gestes comme une danse rituelle à la lune montant à son firmament.

Elle se glissa doucement dans l'eau, un peu surprise de ne pas y trouver sa Lady, surnom donné à la loutre. Elle l'appela doucement, siffla.

Annabelle était déçue. Pour ce dernier soir, elle se sentait frustrée par l'absence de l'animal. Peut-être que les loutres ne dansaient pas à la pleine lune. Elle devrait se renseigner sur ce point précis.

L'astre entier perturbait bien des choses. Il serait intéressant de savoir ce qu'il en était concernant les animaux de ce type.

Sur l'autre rive, un bruissement dans les bosquets la fit tressaillir.

— Lady ! Tu es là. Allons, montre-toi.

Sous l'eau sombre, un mouvement inhabituel agita le fond.

Annabelle voulut se relever, sortir de l'eau.

Quel était cet animal qui semblait si imposant de par son mouvement ?

Au moment où elle rejoignait la rive, elle eut l'impression que deux pinces enserraient ses chevilles en la tirant vers le bas. Elle perdit l'équilibre, chercha à repousser son assaillant. Elle plongea les mains en avant tentant de se libérer. Elle identifia le contact d'une cagoule en néoprène à l'instant où elle buvait la tasse.

Ne pas paniquer.

Elle était bonne nageuse. Il fallait gérer l'air qu'elle avait dans les poumons. Expirer doucement l'air vicié. Se libérer de ce qu'elle identifiait maintenant comme des mains qui la tiraient vers le fond. Remonter. Respirer. Cela devenait urgent.

Elle sentit un mouvement coulé sur son côté droit. La fourrure soyeuse de Lady se frotta contre son corps.

Annabelle se força à ouvrir les yeux. Elle n'aurait pas dû.

Elle vit la jeune loutre mordre l'agresseur à pleines dents.

La pression se relâcha sur sa cheville gauche. L'homme cherchait quelque chose.

Au bord de l'évanouissement, à travers les bulles de la bouteille de plongée qu'il avait sur le dos, elle vit briller dans l'éclat translucide de la lune la lame métallique d'un couteau.

Le salaud ! Il allait aussi tuer Lady.

De son pied redevenu libre, elle donna un grand coup sur le masque du plongeur. Il émit des gargouillis et recula sans pour autant lâcher son pied droit.

Annabelle se démenait avec tout son instinct de survie.

Ses oreilles sifflaient. Des points multicolores dansaient devant ses yeux. Elle savait qu'elle était au bord de la perte de conscience.

Elle tira avec tout ce qui lui restait d'énergie vers le haut. Elle sentait la surface à quelques centimètres de son visage.

Juste une goulée ! Il lui fallait juste une goulée d'air afin de retrouver la force de lutter.

Dans un brouillard dense, elle vit la loutre refaire un passage puis s'éloigner, effrayée par ce combat déloyal.

Quelque part, au fond de son cerveau engourdi par le manque d'oxygène, Annabelle fut reconnaissante à l'animal.

Sauve ta vie ! Moi, je ne peux plus.

Elle sombra dans le noir absolu.

****

Quand il était passé au point d'observation d'Annabelle Reuters, Loïc Prigeant, chef de stage, n'avait pas trouvé la jeune fille à son poste. Il ne s'était pas posé trop de questions. C'était le dernier soir, et la jeune femme très sérieuse au travail avait parlé à midi d'organiser avec les autres stagiaires un barbecue de fin de camp.

Il ne vit pas le petit tas de vêtements sous les roseaux ni les bulles qui en s'éloignant de l'endroit où il se trouvait, venaient éclater à la surface.

Il commença à s'inquiéter réellement quand le lendemain matin au petit déjeuner, pris sous une tente collective, il ne vit toujours pas Annabelle Reuters. Elle faisait partie du groupe qui devait repartir ce matin-là dans un minicar de vingt places.

Les bagages des stagiaires s'amoncelaient près du point de rendez-vous, mais il eut beau dévisager les jeunes, il ne vit pas la jeune fille. Il se rendit à sa tente. Ses bagages étaient là, préparés avec soin, mais son sac de couchage n'était pas plié, et sa compagne de chambrée confirma que la jeune fille n'était pas rentrée de la nuit.

Il réunit trois gars sérieux et ils se rendirent au point 17, poste d'observation attitré d'Annabelle Reuters.

Il n'y avait rien. Pas le moindre signe du passage de la jeune femme. Les hommes se dévisagèrent, consternés.

— On fouille les rives. Elle a peut-être eu un malaise. Toi, Jérôme, tu retournes au camp. Préviens les flics. Cette histoire ne me plaît pas du tout.

Loïc Prigeant était du coin. Il avait eu vent des deux meurtres précédents. Annabelle Reuters avait tout pour plaire au tueur dont les exploits avaient été relatés dans les journaux des mois de juin et juillet. Âgée de 21 ans, la jeune fille avait un visage rond. Ses traits fins et ciselés lui donnaient des airs de madone d'un tableau du XVIIe. Seul son nez retroussé trahissait son côté mutin alors que ses yeux bleus affirmaient une volonté farouche d'atteindre ses buts. Ses cheveux du plus beau brun coulaient en cascade ondulée jusqu'au creux de ses reins. Habituellement tordus en chignon habilement attaché par un tour de passe-passe bien féminin, il lui arrivait le soir de les laisser libres, créant l'admiration de tous les mâles présents et la jalousie des femmes.

C'était bien ce point précis qui tracassait le directeur du camp. L'histoire des scalps non retrouvés avait horrifié toute la population des alentours. Malgré cela, lui, chef de stage irresponsable, avait laissé la nuit, seule, une candidate idéale à un nouveau massacre.

Autant attacher une chèvre au milieu de la montagne en espérant que le loup ne la mange pas. Le temps écoulé depuis les autres meurtres avait effacé de sa mémoire non concernée par les faits l'horreur vécue par les autres victimes.

Voilà qu'il touchait l'angoisse de plein fouet.

La fouille ne donna rien, confirmant l'appréhension de la disparition.

Un peu moins d'une demi-heure plus tard, une camionnette de gendarmerie accompagnée d'une voiture banalisée blanche arrivèrent au plus près par un chemin habituellement réservé aux tracteurs.

Loïc accueillit les enquêteurs avec soulagement. Il n'était plus de son ressort de faire quoi que ce soit pour Annabelle Reuters. Il se sentait écrasé de remords et de culpabilité.

Une battue fut organisée. Il fut fait appel à des chiens spécialisés dans la recherche de personnes disparues. Ils ne trouvèrent rien. La piste s'arrêtait invariablement au bord du fleuve. Les plongeurs se mirent au travail. Ils ne purent que constater l'arrachement de certaines plantes aquatiques. Signes de lutte ?

Au vu du physique de la jeune femme, des circonstances de sa disparition ainsi que des faibles indices, la cellule de crise fut avertie dès le milieu de la matinée.

Il était probable que le tueur amateur de cheveux d'ange ait encore frappé.

Annabelle Reuters était une proie idéale pour ce chasseur de scalp.

Le corps ne fut pas retrouvé. Pas tout de suite.

****

Chapitre 12

Il se sentait prêt.

Maintenant.

La première fille, il l'avait gardée longtemps, mais c'était une erreur. Il aurait pu se faire prendre, notamment quand un type était venu demander son chemin alors qu'elle essayait de crier dans la cave. Il valait mieux les choper la nuit même de la pleine lune, celle où les cheveux sont au paroxysme de leur beauté, pour les prélever au maximum de leur splendeur et pouvoir en profiter pleinement par la suite. L'heure idéale se situait entre vingt-deux heures et deux heures du matin.

Il était minuit. L'heure classique du crime. Quand il était enfant, c'était l'heure où il se réveillait en appelant sa mère souvent absente. Il avait beau appeler, seul le silence lui répondait.

Médecin, divorcée, elle avait des gardes de nuit à l'hôpital. Si elle était appelée, elle partait, confiant à une voisine, branchée sur un babyphone, la responsabilité d'intervenir en cas d'incident. Seulement, afin d'avoir la paix, la voisine coupait le son et dormait d'un sommeil sans interruption alors que le petit Hanwi tremblait de peur au fond de son lit.

Son nom, il le tenait de son père, un vrai Sioux. Il signifiait « Lune », car l'enfant était né une nuit où l'astre atteignait son firmament.

L'amour de la jeune doctoresse de Médecins universels avec le beau guerrier sioux n'avait pas résisté au choc des cultures et de la civilisation.

Cantonné à l'intérieur d'une réserve, le père de l'enfant ne coiffait ses parures que lors des danses tribales destinées aux touristes. Il avait sombré dans un univers où l'alcool tenait une place prépondérante, au grand désespoir de la jeune mère qui voyait son fier « ours sauvage » se muer en éponge imbibée.

Elle lui avait proposé la France, espérant récupérer ainsi l'homme qu'elle avait aimé. Il s'était rebiffé.

Jamais il ne quitterait la terre des Ancêtres. Son fils non plus.

Pour échapper au joug de l'amant devenu aigri et tyrannique, Sandrine avait eu besoin de l'aide de ses supérieurs pour quitter la réserve avec son fils, sans avertir personne de son départ.

De retour en France, il lui avait fallu organiser sa vie de mère célibataire. Elle travaillait dur. L'enfant ne manquait de rien, sauf de sa maman quand il se réveillait au milieu de la nuit.

En grandissant, il se créa son propre univers nocturne. Quand il se réveillait, il se levait, allait dans la chambre de sa mère, prenait l'un de ses vêtements, de préférence un qu'elle avait porté la veille, encore imbibé de son parfum lourd de musc. À l'époque, c'était la mode des perruques. Sa mère en possédait plusieurs, des brunes, des rousses, des blondes, des cheveux courts et d'autres longs. Il en prenait une, la couleur lui indifférait mais toujours des cheveux longs, la mettait sur l'oreiller à côté de lui, juste au-dessus des vêtements. Il s'endormait alors sur cet ersatz de mère. Elle ne s'était jamais rendu compte de rien. À l'aube, il rangeait son matériel à l'endroit exact où il l'avait trouvé.

Fier de son nom, il lia ses activités aux différentes phases de la Lune, persuadé que l'astre était son totem : elle veillerait toujours sur lui. Il lui suffisait de la respecter et de lui faire une offrande quand elle atteignait son acmé.

Il commença par des dessins, puis des fruits. Âgé d'une dizaine d'années, il attrapa son premier oiseau à qui il tordit le cou sans le moindre état d'âme. Ensuite, il lui sacrifia des rongeurs, un nombre incalculable de chats et même quelques chiens.

Au lendemain des nuits de pleine lune, sur son oreiller, au retour de l'hôpital, la jeune mère attendrie trouvait des déclarations d'amour maladroites.

L'adolescence venant, elle trouva des poèmes qu'elle conserva soigneusement, très heureuse d'avoir un fils aussi romantique malgré ses origines de guerrier. Elle était persuadée qu'il était parfait, apte à faire le bonheur d'une femme.

Ce qu'elle ignorerait toujours, c'est que pour les écrire il enfilait ses vêtements et mettait ses perruques. Il s'installait devant la glace et se masturbait en écoutant les grands classiques avec une préférence marquée pour Wagner qui savait exprimer la violence contenue dans l'esprit malade du jeune homme.

Hanwi, dit Georges en France, car il tenait à garder ses origines secrètes aux yeux de son entourage, se secoua les esprits.

Sa mère était morte renversée par un alcoolique une nuit, alors qu'elle quittait sa garde. Hanwi avait à peine 20 ans.

Le coupable disparut de son domicile une quinzaine de jours plus tard. Il ne fut jamais retrouvé. Sa famille pensa qu'il n'avait pas supporté le choc de l'accident, qu'il s'était suicidé. Personne ne prêta attention à la phase de la Lune le jour de sa disparition. Elle était pleine.

Cette nuit-là, couvert de peintures de guerre, Hanwi avait tranché son premier scalp. Cela n'avait pas été aussi facile qu'il le pensait. La conservation s'était avérée plus périlleuse que prévu. Il fallait sécher les chairs et tanner le cuir pour garder les cheveux intacts. Ce premier essai fut un échec, mais apprit beaucoup de choses au jeune Hanwi.

Il avait laissé le corps près d'une bauge. Il n'y avait rien de plus efficace qu'une horde de sangliers afin d'effacer toutes traces sur un cadavre.

Il commença sa médecine, fut un brillant étudiant. Poursuivant un but très personnel non avouable, il fit une spécialité en chirurgie esthétique. Il apprit ainsi à détacher les chairs sans les abîmer ainsi qu'à manipuler le scalpel avec dextérité. Il partit travailler en Amérique du Sud sous le couvert de l'aide internationale. Tout le monde admirait ce fils exemplaire qui voulait continuer l'œuvre humanitaire commencée par sa mère. C'est ainsi qu'il alla travailler dans les tribus les plus reculées le long de l'Amazone ou du Maroni. Il y apprit beaucoup de choses…

De retour à Paris, il ouvrit une clinique privée, saisissant l'occasion de faire fortune avec les malheureuses qui refusaient absolument de vieillir en alternant chirurgie et baume des Amériques.

Très occupé, ses fantasmes s'assoupirent pendant quelques années. Mais quand la nouvelle lune s'associait au soleil pour créer les grandes marées, Georges redevenait Hanwi, les vêtements et les perruques ressortaient des armoires. Il ne se masturbait plus. Sous son déguisement, il hantait les bas quartiers où de pauvres filles satisfaisaient ses désirs contre un billet. Toutes les pleines lunes étaient célébrées à sa manière par des rites et des danses dans le sous-sol de sa maison normande dont personne ne connaissait l'existence. Une photographie de sa mère y trônait, grandeur nature. À ses pieds, sur un petit hôtel en vermeil, la photographie d'Ours Sauvage ainsi que des offrandes de nourriture afin que l'âme de sa mère ne manque de rien dans son nouveau monde.

La vue d'une chevelure d'or avait déclenché la crise.

C'était à Paris, sur les Champs-Élysées. Une touriste hollandaise, seule.

Il l'avait suivie, draguée, puis tuée à la clinique quand elle s'était refusée à lui.

Il avait dû prendre des risques pour la transporter en Normandie dans le coffre de sa voiture, emballée simplement d'un drap blanc.

Il avait appliqué des techniques d'embaumement qui s'étaient avérées plutôt efficaces. Greta Van Houzen avait sa sépulture dans la cave à charbon. Elle faisait beaucoup d'effet sur les victimes récalcitrantes, comme Nelly Drumont. La crainte de finir de la même façon avait rendu la jeune fille coopérative. La deuxième était une tigresse. Il allait maintenant goûter à sa troisième proie. Il choisissait ses victimes pour leurs cheveux. Leur personnalité restait une surprise. Cela mettait du piquant dans l'affaire. Il adorait dominer. Il avait le pouvoir suprême. Laisser la vie ou donner la mort.

Les fantasmes de son adolescence avaient repris le dessus. Il voulait des perruques. Des vraies. Il les prélevait donc sur les originaux pour être sûr de la bonne santé des cheveux, donc de la qualité de la perruque.

Il avait atteint l'exacerbation de l'orgasme en possédant Cynthia, alors qu'il était grimé en femme portant la chevelure de Nelly.

Il voulait encore connaître cela.

Il descendit les marches de pierre conduisant à la cave.

****

Annabelle Reuters avait repris conscience. Elle était allongée sur un lit qui dégageait une odeur infecte. Plus d'un ou d'une s'était oublié sur ce couvre-lit complètement cuit par le temps et l'humidité.

Elle avait mal à la tête et se sentait nauséeuse. Un goût amer lui envahissait la bouche, renforçant son envie de vomir. Elle voulut bouger les bras et les jambes. Elle réalisa alors qu'elle était attachée en croix aux montants du lit par des sangles en nylon qui lui entamaient la chair. Elle était complètement nue, sa position forcée offrant son sexe sans aucune pudeur à la vue de celui qui voudrait.

La mémoire lui revint d'un coup. Le fleuve, l'attaque, la loutre.

Son chef allait faire ce qu'il fallait pour la retrouver. Il ne pouvait pas l'abandonner, seule aux mains de ce type.

Pourquoi ce malade l'avait-il kidnappée ?

Sa famille n'avait pas de fortune. Elle ne faisait partie d'aucun mouvement politique et n'avait jamais affiché d'opinions anarchistes d'un bord ou de l'autre.

Si le fantasme de son agresseur était sexuel, pourquoi ne l'avait-il pas violée le long du fleuve ?

Peut-être l'avait-il fait !

Elle ne gardait aucun souvenir entre le moment où elle avait perdu conscience sous l'eau et l'instant où elle venait de reprendre pied dans la réalité.

Instinctivement, elle voulut se recroqueviller. Les sangles lui rappelèrent son statut de prisonnière. Elle se tortilla en tous sens, espérant arriver à se libérer. Elle ne réussit qu'à resserrer ses liens davantage. Ses yeux firent le tour de la pièce avec l'espoir infime de trouver une aide ou une solution à ses malheurs.

Quand ses yeux se posèrent sur une vitrine toute neuve en bois précieux, elle comprit le sort qui lui était réservé.

Sur une étagère, il y avait une tête en polystyrène blanc comme il y en a chez les perruquiers pour présenter les différents modèles de coiffure. Cette tête était casquée d'une magnifique chevelure blonde. À côté, un tas de vêtements soigneusement pliés et une paire de chaussures alignées avec soin.

Sur la deuxième étagère, même schéma, seulement les cheveux étaient roux.

Sur la troisième étagère, la tête ne portait pas encore de chevelure. Seulement les vêtements qui se trouvaient à côté, bien rangés, étaient les siens. Elle les reconnut sans nul doute possible. Ses chaussures de marche avaient été nettoyées et semblaient la défier depuis leur étagère.

Elle aurait voulu pouvoir hurler, mais aucun son ne sortit de sa gorge tétanisée.

Elle était tombée sur un dingue. Il allait la scalper !

Elle était prisonnière telle une mouche dans une toile d'araignée. Sans aide extérieure, elle n'avait aucun espoir de s'en sortir.

Elle n'était pas pratiquante, même pas croyante mais elle se mit à prier.

— Seigneur, aidez-moi !

Cette nuit-là il devait être occupé ailleurs.

La porte s'ouvrit.

L'homme entra.

— J'ai récupéré vos vêtements à l'aube. Cela aurait manqué à ma collection.

Il ouvrit la vitrine et, devant Annabelle terrorisée, se mit nu comme un ver avant de fixer avec soin, à l'aide d'épingles dans ses cheveux noirs, les cheveux roux de la deuxième étagère.

Il se contempla avec satisfaction dans un miroir qui avait été posé en équilibre contre le mur, dans un angle permettant de voir tout ce qui se passait sur le lit.

Il se dirigea vers l'armoire, y prit quelque chose qu'Annabelle n'identifia pas immédiatement.

Il se retourna et avança vers elle.

À cet instant, elle abandonna tout espoir de survie. Son dernier vœu fut de mourir vite.

****

Chapitre 13

J'étais installée chez moi, songeuse. Ma petite chienne pelotonnée sur mes genoux, je regardais dehors sans allant. En ce 15 août, il pleuvait sur la Normandie. Le crépuscule descendait. Je me laissai aller à mes pensées.

La saison avait été catastrophique à quelques journées près.

La veille, le flot habituel de touristes avait envahi la baie. Les embouteillages en direction du Mont-Saint-Michel débutaient dès Pontorson, soit près de onze kilomètres avant d'atteindre le fameux monument. Les restaurants débordaient d'activité, et, lorsque je fis quelques emplettes, la bonne humeur ambiante acheva de me déprimer. Ma fille prolongeait son séjour en Bretagne. Après une courte apparition, mon mari était reparti pour un stage d'utilisation de JVN, soit Jumelles de vision nocturne, devant améliorer largement le vol de nuit tout en diminuant les risques pris par les pilotes lors de missions nécessitant une intervention sans retard.

Un mois déjà.

Cynthia avait eu un enterrement magnifique. Ses cendres avaient été répandues en mer à un endroit où croisaient de nombreux dauphins. D'après ses parents, c'était un de ses vœux.

Ils m'avaient rassuré quant à ma responsabilité.

Ils ne m'en voulaient pas.

Moi, je m'en voulais encore plus de chercher du réconfort auprès de ces braves gens qui avaient tout perdu.

Je me couchai de bonne heure. Il faisait lourd et j'étais agitée. Mon sommeil, interrompu par la chaleur humide qui saturait mes poumons, ne voulait pas revenir. J'ai ouvert le volet, suffisamment pour observer le jardin depuis mon lit.

La pleine lune brillait de tout son éclat, éclairant la chorégraphie des chats sur la pelouse en train de jouer avec une souris.

De temps en temps, les piaillements de la malheureuse arrivaient jusqu'à mes oreilles.

Manger ou être mangé, telle est la loi de la nature. Pourtant, personne ne mange le chat.

Pas de prédateur naturel. Le summum de la domination animale. Mes chats suralimentés n'avaient nullement besoin de tuer pour se nourrir. Pourtant, quelque chose de plus fort qu'eux faisait qu'ils martyriseraient ce mulot jusqu'à ce que mort s'ensuive pour l'abandonner ensuite et recommencer avec un autre.

Comme l'assassin de Nelly et de Cynthia.

Jouer avec sa proie, la dominer, assouvir ses instincts primaires puis abandonner sa victime. Comme le chat qui m'offrait régulièrement un cadavre au petit matin en ronronnant de satisfaction, l'homme voulait que l'on connaisse, voire que l'on admire ses méfaits. Il présentait ses victimes à des endroits où il était certain qu'on les découvrirait. Il voulait une reconnaissance de ses crimes. Il était probable qu'il collectionne tous les articles parus, qu'il enregistre les journaux parlés ou télévisés. Il dominait et voulait qu'on le sache.

La lumière de la lune accrocha une goutte d'eau sur un arbuste. Elle brilla comme un diamant dans la nuit.

Je laissai mon esprit vagabonder.

John Mac Enzie parlait des châteaux hantés qui prenaient vie à la pleine lune. Les esprits sortaient des murs et venaient suivant leur humeur taquiner ou terroriser les habitants des villages des landes d'outre-Manche. J'eus beau tendre l'oreille, je ne saisis rien. J'aurais bien aimé entrer en contact avec un esprit.

Ma grand-mère, Cynthia…

La pleine lune.

Je me levai d'un bond et descendis l'escalier en chemise de nuit.

Je me saisis du calendrier. Nelly : le 17 juin, pleine lune ; Cynthia : 17 juillet, pleine lune.

Nous étions la nuit de 15 au 16 août, nuit de pleine lune.

Qui allait mourir cette nuit ?

Malgré l'heure tardive, j'empoignai mon téléphone et appelai Jumet. Je lui fis part de mes inquiétudes.

Il ronchonna un peu, dit que c'était possible mais qu'on ne pouvait rien faire. On n'avait aucune idée de l'endroit où chercher.

En ce matin du 16, il me rappela à neuf heures. Une jeune fille avait disparu d'un camp le long de la Sélune.

Je rejoignis le groupe sur place.

Nos conclusions ne furent guère encourageantes.

****

Comme tous les jours pendant les vacances de juillet-août, Martine Dupré, stagiaire à la SNCF, vint ouvrir la gare de Pontorson pour l'arrivée des trains en provenance de Rennes et de Caen qui emmenaient leur quota de touristes qui prendraient ensuite un car pour rejoindre le Mont. Les deux trains arrivaient à une minute d'intervalle à neuf heures trente-huit et neuf heures trente-neuf. Martine arrivait vers huit heures. À part le mercredi qui était jour de marché, les alentours de la gare étaient déserts à cette heure matinale en dehors des périodes scolaires.

En garant sa vieille Peugeot face à l'annexe, juste avant l'emplacement réservé aux bus, elle aperçut dans son rétroviseur la silhouette d'une jeune femme habillée d'un poncho de couleur vive, portant un grand chapeau, qui téléphonait depuis la cabine située en face de la gare. Elle s'était assise, tenant l'écouteur coincé entre son épaule et son menton.

Cela n'interpella pas Martine, habituée aux excentricités des touristes de toutes nationalités qui défilaient dans sa gare.

Mme Guillerm prenait le train de neuf heures trente-neuf en provenance de Rennes et à destination de Caen. Elle descendrait à Avranches pour aller déjeuner chez sa belle-sœur. Elle râlait, car pour pouvoir emmener son chien elle devait payer une demi-place pour l'animal, ce qui sur sa maigre retraite représentait une somme.

Quand, en arrivant sur le trottoir, l'animal tira sur sa laisse, elle le lâcha pour un dernier pipi avant le voyage. Il fila à la cabine, renifla et urina sur les montants en aluminium. Mme Guillerm le rappela, s'attendant à se faire gronder par l'occupante des lieux.

Quand le chien revint, elle lâcha un cri. Les poils blancs de son museau étaient imbibés de sang.

****

— Elle est adossée dans la cabine.

C'est Jumet qui m'accueillit sur le parking désormais gardé par les gendarmes. Il m'avait téléphoné un quart d'heure plus tôt :

— Vous vouliez une scène de crime ?... Vous en avez une. On a retrouvé l'écologiste devant la gare à Pontorson.

J'avais sauté dans ma voiture et cette fois profité de mes passe-droits pour me garer au plus près.

Il y avait là des gendarmes et des policiers mais pas encore de légiste ni de techniciens de la section d'enquête criminelle. La proximité de mon domicile m'avait permis d'être sur place suffisamment tôt. La scène était telle que l'avait laissée le tueur. À l'état brut.

Je pris une grande inspiration et m'approchai tout en sentant la présence de Jumet juste derrière moi. Quelque part, cela m'énervait, mais c'était aussi rassurant.

La question ne se posait plus de savoir si Annabelle Reuters était morte ou vivante.

Ses yeux désespérément écarquillés sur une dernière vision d'horreur exprimaient au-delà de la mort les moments que cette jeune fille avait traversés.

Le chapeau couvrait son crâne que l'on devinait nu. Comme chez Cynthia, la peau n'étant plus tendue s'affaissait, dessinant une moue de clown triste. Un filet de sang coulait de sa bouche, accentuant encore cette impression.

La plaie crânienne n'était pas la plus sanglante parce que, sans doute, effectuée *post mortem*.

Un poncho de couleurs vives comme ceux que possèdent les Péruviens avait été passé au-dessus de sa tête, dissimulant pour l'instant le haut du corps. C'est le légiste qui l'enlèverait afin de préserver le maximum d'indices possibles à condition qu'il y en ait.

Le poncho s'arrêtait à la hauteur des cuisses. Les jambes longues et laiteuses s'étalaient à travers le minuscule habitacle de la cabine, les pieds venant en butée contre le fond. Les bras descendaient le long du buste, les avant-bras étaient repliés sur le ventre, les mains croisées à hauteur du sexe comme dans un dérisoire mouvement de défense. Les poignets et les chevilles portaient des traces profondes. Annabelle avait été ligotée. Elle s'était probablement démenée en tous sens, essayant d'échapper à la torture. À chaque mouvement, elle n'avait fait que resserrer les liens qui avaient profondément entamé les fines attaches articulaires.

Le tueur s'était déchaîné.

La première victime, il l'avait séquestrée, violée, tuée et scalpée. Cela n'avait rien de beau. Il l'avait tuée de façon violente mais rapidement sans torture inutile du vivant de Nelly. Le pire lui avait été infligé après sa mort.

Cynthia s'était défendue comme un beau diable, provoquant la colère de l'homme qui lui avait infligé un grand nombre de coups puis de coups de couteau, provoquant la chute dans le coma. Elle n'avait pas été torturée au sens propre du terme, de façon réfléchie, avec raffinement dans la perversité.

Cela n'était pas le cas d'Annabelle Reuters.

Le sadique s'était réveillé.

Les mains et les pieds de la jeune fille étaient affreusement mutilés. Les ongles avaient tous été arrachés. Je n'osais même pas imaginer la douleur que cela avait dû représenter. Je ne souhaitais qu'une chose : que le cœur ait lâché avant la fin de ses souffrances. Mes yeux se posèrent sur la pointe du poncho. On devinait une forme solide sous la pointe du tissu, tellement imbibé de sang que les couleurs originelles en avaient disparu.

— A-t-elle été empalée sur un objet quelconque ?

C'est Bricart qui répondit. Il avait fini de donner ses instructions à ses hommes.

— Salut ! Je suppose que oui, comme vous. On attend les équipes. Il vaut mieux ne rien toucher. Ce serait un comble de perdre le moindre renseignement.

J'acquiesçai en respirant profondément.

Annabelle Reuters était assise dans son sang qui avait coulé d'une blessure actuellement invisible. Le sol de la cabine en était couvert, et des écoulements avaient suinté par les interstices de la porte, souillant le trottoir.

Les équipes du légiste et de la police scientifique arrivèrent quasiment en même temps.

Lambert avait perdu toute jovialité. Il salua à la ronde comme s'il ne connaissait personne. Après concertation, les hommes se mirent au travail. Je m'éloignai un peu, espérant reprendre mon souffle et mes esprits. Qu'allait-on découvrir sous le poncho ?

Ils commencèrent par retirer le chapeau, ce qui provoqua l'effondrement du visage mutin de la jeune femme. On aurait dit une poupée de chiffon abandonnée par un enfant négligent si ce n'était l'os qui maintenant attirait le regard.

Un technicien entreprit ensuite de découper le poncho, en partant du décolleté en V pour rejoindre en une ligne droite la pointe inférieure située devant le sexe de la victime.

Malgré moi je m'approchai. L'homme écarta les pans du vêtement.

Il lâcha un juron tandis que je ravalais péniblement un cri.

Les bouts des seins lourds avaient disparu.

À leur place, deux plaies béantes. Mes yeux descendirent le long des traînées sanguinolentes qui se rejoignaient au nombril pour ensuite s'écouler vers le sexe. L'outil qui avait servi au massacre était enfoncé dans le ventre d'Annabelle Reuters. Il n'en dépassait qu'un manche composé de deux parties.

Le légiste déclara qu'il l'ôterait à l'autopsie.

Après trois heures de travail intensif à la recherche du plus petit début de piste, les ambulanciers furent autorisés à emmener le corps.

****

Chapitre 14

Quarante-huit heures s'étaient écoulées depuis la découverte de ce troisième corps qui pouvait sans nul doute possible être attribué au même auteur.

La réunion allait commencer dans quelques minutes. Le légiste allait présenter ses conclusions ainsi que les différents résultats revenus de Caen en ce qui concernait Cynthia.

Jumet tenait les journaux qui se gargarisaient de ce qu'ils appelaient l'incompétence de la police. Le rite du scalp, lié dans l'imagination collective aux Peaux-Rouges d'Amérique du Nord, faisait mousser les imaginations. De fait, les autorités commençaient à craindre une paranoïa collective qui mettrait en danger tous ceux ayant des origines plus ou moins indiennes. Un vieil homme avait déjà été inquiété, car il avait monté des tipis au milieu de son jardin pour amuser ses petits-enfants. Il avait fallu l'intervention d'une patrouille de police afin d'évacuer l'attroupement qui s'était formé devant chez lui, le prenant à parti chaque fois qu'il se montrait.

Nous entrâmes dans la salle de réunion, le brouhaha inhérent à chaque début de rassemblement de ce type se tut dès l'entrée des « huiles ».

Le préfet commença par un court laïus destiné à motiver les troupes. Il céda ensuite la parole au légiste.

Lambert, qui n'avait rien laissé filtrer depuis la découverte du corps, était grave quand il commença son rapport.

— Madame, messieurs, voici le procès-verbal écrit concernant l'autopsie d'Annabelle Reuters, dit-il en nous faisant passer des chemises cartonnées orange.

« Vous y trouverez tous les détails médico-légaux. Je suis bien sûr à votre disposition pour répondre à toutes vos questions. La plupart d'entre vous ont vu le corps. Je ne vais donc pas revenir sur ce que vous avez pu constater par vous-mêmes. J'en viens à l'autopsie proprement dite. Annabelle Reuters est morte tout simplement d'un arrêt cardiaque, ce qui en soi ne veut rien dire. Chacun d'entre nous mourra à l'instant où son cœur s'arrêtera de battre. C'est donc la cause qui nous intéresse. Pour cette jeune fille, il s'agit sans nul doute de la douleur lors des tortures qui a provoqué l'arrêt. Rien ne lui a été épargné.

Il respira un grand coup avant de se lancer dans ses macabres explications.

— Chronologiquement on peut reconstituer les choses ainsi : la lésion de certains tissus pulmonaires prouve des traces d'hypoxie. Connaissant son lieu de disparition, je suppose qu'elle a été traînée sous l'eau, jusqu'à la perte de conscience. Ensuite, elle a été amenée dans un endroit où elle a été ligotée comme le prouvent les marques sur les poignets et les chevilles. Comme Cynthia Bazin, elle a ingéré du Tranxène. Histoire d'éviter trop de résistance, j'imagine. Les tortures des mains ainsi que celles des pieds ont été réalisées avec une tenaille de taille moyenne. Celle-ci a été retrouvée enfoncée dans le vagin après l'acte sexuel qui a eu lieu protégé comme les autres fois. C'est aussi cette même tenaille qui a tranché les mamelons. Ceux-ci ont été insérés dans le ventre de la jeune femme. Le scalp a été réalisé avec la même méticulosité que pour Nelly et Cynthia. Nous avons affaire à un expert du bistouri. Cette façon de procéder a certainement été apprise. Elle prouve de bonnes connaissances anatomiques. L'homme sait enlever une peau. On peut avoir affaire à un boucher, un tanneur ou un chirurgien. Sa technique est trop professionelle pour être seulement apprise sur le tas.

« Venons-en aux analyses.

« D'abord, reparlons un peu de Cynthia Bazin. Nous avions envoyé à Caen des échantillons prélevés sous ses ongles. Nous avons enfin une bonne nouvelle : nous avons un échantillon infime de peau n'appartenant pas à la jeune fille. Pour l'instant, l'ADN n'est pas encore fixé, mais c'est en cours. Il est vraisemblable qu'elle ait griffé son agresseur. D'autre part, nous avions reçu un morceau de tissu vert. Il est imprégné d'urine d'origines différentes. C'est un tissu matelassé provenant vraisemblablement d'une literie, genre couvre-lit. Là où les choses deviennent vraiment intéressantes, c'est que, dans les plaies des mains d'Annabelle Reuters, j'ai trouvé les mêmes fibres de tissu vert. Malheureusement, il est trop tard pour faire des investigations poussées sur Nelly Drumont, mais je vous rappelle que l'examen normal n'avait rien donné au niveau des prélèvements à part les fibres trouvées dans sa bouche et aux poignets. Là aussi, nous avons des recoupements qui ne peuvent tenir du hasard. Le bâillon de Nelly et le foulard de Cynthia sont faits d'un tissu provençal de même origine. Par contre, chez Annabelle il y a un élément que l'on ne retrouve pas chez les deux autres. Il s'agit de fibres de néoprène infimes à l'annulaire de la main droite. Cela renforce mon impression d'enlèvement par le fleuve, sans doute même par le fond de celui-ci. Elle s'est défendue, ce doit être pour cela qu'il s'est déchaîné à lui arracher les ongles, car il doit craindre la présence de ce genre d'indice. Voilà ce que nous pouvons dire à ce jour au niveau scientifique.

Le préfet le remercia, puis se tourna vers Bricart et Jumet :

— À vous messieurs. Où en sommes-nous dans l'enquête de police ?

C'est Jumet qui prit la parole après un signe de connivence avec son homologue.

— Vous avez tous reçu les rapports au fur et à mesure de nos découvertes d'indices. L'enquête d'investigation à propos des différents types de populations susceptibles d'être capables de réaliser ce genre d'acte avance, mais sans résultat probant pour l'instant. Tous les condamnés pour violences sexuelles qui ont été relâchés depuis deux ans ont été contrôlés. Certains sont de retour dans leur prison, d'autres essaient de se racheter une conduite. Les plus dangereux sont sous surveillance discrète. Malheureusement, cela n'a rien donné. Chaque femme qui porte plainte pour coups de fil obscènes est mise sur écoute. Cela nous a permis de coffrer quelques voyous, mais ne nous a pas fait progresser au niveau de l'enquête qui nous intéresse. Les prisonniers en liberté conditionnelle ont été équipés d'un système dernier cri de surveillance électronique. Ils ont un bracelet à la cheville : s'ils quittent les trajets autorisés, nous sommes alertés par l'électronique. Les asiles et CHS ont été prévenus. Chaque mouvement anormal de leurs patients doit nous être signalé. Les malades sexuels n'ont plus de permission de sortie. Les coiffeurs et les perruquiers ont été visités dans un rayon de cent kilomètres. S'ils reçoivent une demande incongrue à propos de perruque ou de shampoing pour entretenir des cheveux dits morts, ils doivent si possible identifier le client et nous le signaler. Restent les personnes ayant des origines raciales où la coutume autorise le scalp. Nous recensons les habitants de la Manche ainsi que des départements limitrophes qui ont un permis de séjour prouvant leur appartenance à ce type de population. Inutile de vous dire que tout cela représente un travail titanesque. L'équipe administrative ne chôme pas. Sur le terrain chaque doute est vérifié de visu par nos équipes. Notre homme est fort. Même s'il nous a laissé quelques indices matériels, ceux-ci sont insuffisants pour nous mener jusqu'à lui. Nous essayons, grâce à des indices beaucoup moins concrets à nos yeux de profanes, de tracer son portrait psychologique. Mme Claes va à son tour nous faire part de ses conclusions.

Jumet se rassit en m'invitant d'un geste de la main à me lever et à livrer le résultat de mes cogitations. Impressionnée par mon auditoire, je me raclai la gorge et avalai rapidement une gorgée d'eau avant de prendre la parole. Pour la première fois, on me demandait mon avis officiellement. Il me fallait prouver l'utilité de ma fonction. En souvenir de Cynthia et des autres, je me devais d'être performante. Le salaud qui écumait la région ne devrait plus faire le moindre tort à personne. Il fallait que ma contribution à l'enquête soit suffisamment efficace pour arrêter le massacre dans les plus brefs délais. J'étais la seule femme de l'assistance. Tous les regards se tournèrent vers moi. Quand je pris la parole, je réalisai ce que devait ressentir le gladiateur entrant dans la fosse aux lions :

— Messieurs, voici le résultat de mes investigations.

À mon tour, je fis passer à chaque participant une chemise contenant une dizaine de feuilles dactylographiées.

— Nous sommes en présence de trois crimes différents, les corps ont été trouvés dans trois endroits différents. On ne peut plus parler d'assassin récidiviste mais bien de tueur en série suivant la nomenclature internationale admise. Ce genre d'homme réalise des crimes dits narcisso-sexuels.

Lambert m'interrompit.

— Expliquez clairement les termes que vous utilisez. Nous ne sommes pas tous au fait de la psychologie criminelle.

— Bien entendu. La dimension narcissique a autant d'importance que l'acte sexuel. Il est aussi important de dominer la victime, de la voir implorer de la pitié et de quand même la tuer, que de la pénétrer sexuellement. Il dépersonnalise ses victimes, on dit « réifie », en leur cachant le visage au moment de la pose du cadavre. Le sable pour Nelly, la couette pour Cynthia, enfin le chapeau pour Annabelle. D'autre part, confirmant la thèse du *serial killer* qui ne va sans doute pas s'en tenir à ce qu'il a fait, on constate que le temps écoulé entre deux crimes ne varie qu'à un ou deux jours près. Il frappe systématiquement à chaque pleine lune. On connaît l'influence de l'astre sur les malades, or notre homme est particulièrement atteint.

— Êtes-vous en train de nous dire qu'il y aura une autre victime à la prochaine pleine lune ?

C'est le juge qui venait de poser cette question.

— Oui. Non seulement je le crois, mais j'en suis persuadée. Son *modus operandi*, soit le scénario selon lequel il agit, est à peu de chose près le même dans les trois cas. Enlèvement, séquestration, viol, assassinat. Ce qui a varié c'est le temps où il a gardé sa victime en vie. Il s'est probablement rendu compte du danger que cela représente pour lui de la garder longtemps. Il risque de se faire repérer par n'importe qui passant chez lui ou à proximité. Enfin, je constate une escalade dans l'acte criminel. Il est de plus en plus violent. Avec Annabelle, il est devenu franchement sadique prenant son plaisir devant la souffrance de la jeune femme. Elle a dû faire quelque chose qui lui a déplu et il s'est vengé en lui infligeant une « punition ». Ses réactions devant la douleur lui ont plu. Il dominait. Pouvoir suprême. Le choix de donner la vie ou la mort. Il a une signature. C'est immuable. Il scalpe ses victimes. Il a besoin de réaliser cet acte pour être psychologiquement satisfait. S'il ne le faisait pas, il serait frustré, il lui manquerait un élément essentiel à la réalisation de soi-même. Alors la question est : pourquoi les cheveux ? Je pense qu'il a dû aimer une femme qui a représenté pour lui le centre du monde. Je suis intimement persuadée qu'il s'agit de sa mère. Les psychopathes font des fixations sur leur enfance et plus encore sur leur mère. Celle-ci devait avoir des cheveux magnifiques. Je dis « devait », car je suis certaine que c'est la disparition de cette femme, mère ou peut-être amante, qui est le stresseur, c'est-à-dire l'élément déclenchant de la série de crimes à laquelle nous avons à faire face aujourd'hui. Les indices prélevés sur les scènes de crime, donc dans les trois cas l'endroit où les corps ont été retrouvés, ainsi qu'une étude de la personnalité des victimes nous permettent de donner un aspect physique au tueur.

Je repris les différentes informations que j'avais notées pour Nelly et Cynthia. L'étude des goûts d'Annabelle était plus floue que celle des deux premières victimes. Dans son cas cependant, ce n'était pas troublant.

— Le tueur ne l'a pas approchée par séduction. Il n'avait pas besoin de lui plaire pour l'enlever. Il est apparu au moment où elle s'y attendait le moins et l'a enlevée en lui faisant perdre conscience sous l'eau. Elle n'a pu le voir qu'au moment où il a décidé de s'occuper d'elle. Le chemin menant à mes conclusions est dans votre dossier. D'après moi, nous recherchons un homme grand, brun, de type méditerranéen ou latino-américain. Je penche pour cette deuxième possibilité à cause des scalps. Il a de l'éducation, sait parler aux femmes. Il est soigné, porte des vêtements et des chaussures de marque d'une certaine valeur sans être des produits de luxe. Il travaille donc, puisqu'il gagne suffisamment d'argent pour réaliser ses envies vestimentaires. Les trois crimes ont eu lieu le week-end ou un jour férié, je pense qu'il s'agit ici d'un hasard. C'est la pleine lune qui mène la danse. J'espère de tout cœur que nous n'aurons pas de quatrième cas, mais s'il doit avoir lieu, ce sera la nuit du 13 au 14 septembre. Je peux même vous donner l'heure de la mort : entre vingt-deux heures et deux heures du matin.

Un des scientifiques eut un sourire narquois et ses collègues ricanèrent à ses propos :

— Rappelez-moi votre nom ? Mme Irma ?

Bricart et Jumet lui lancèrent un regard méprisant tout en m'encourageant à continuer.

— Nous ne pouvons rien négliger. Si vous avez une meilleure thèse, nous vous écoutons, monsieur Garnier… Non ? Bon. Alors Laura, continuez !

Je repris mon souffle et une gorgée d'eau.

— J'ai fait des recherches sur Internet. Il en résulte que c'est l'époque du mois où les cheveux sont le plus denses et le plus beaux. Il sera donc toujours tenté de prélever les scalps à ce moment précis. Il ne tiendra pas compte du jour de la semaine, car il doit effectivement exercer une profession libérale qui le laisse libre de son temps quand il le souhaite. N'oublions pas qu'il a gardé Nelly vingt-trois jours. Cela tend à prouver qu'il vit seul.

« Nous savons qu'il possède une voiture, logiquement de couleur sombre, en fonction de sa personnalité. Il a tracté le bateau ; elle a donc une boule d'attelage. Il a un coffre, non un break puisque des fibres de tapis de sol de coffre ont été découvertes sur le parapluie qui a tué Nelly. Il y avait aussi des débris de plantes de jardin. Nous avons donc un élément de plus tendant à prouver qu'il possède une maison particulière. Il jardine. Je pense que ce jardin doit être très soigné, voire tiré au cordeau.

« Grâce aux études faites par le FBI, nous pouvons faire ressortir de forts indicateurs comportementaux.

« Notre homme est d'abord organisé. Il a capturé Nelly en moins de dix minutes. Il avait préparé les arguments qui la feraient monter dans la voiture. Il l'avait certainement localisée à l'avance puisqu'il poursuit un but précis : le scalp. Il faut que les cheveux soient beaux. Cynthia a été repérée très probablement lors de sa baignade au Mont. Annabelle était tous les jours à son poste, donc facile à enlever. C'est un chasseur. Il repère sa proie et la traque.

« Il commet ses actes sexuels *ante mortem* puis introduit des objets dans les voies génitales, ce qui en principe révèle un immature sexuel. Cela renforce la thèse du célibataire. Il n'a pas de femme dans sa vie, avec laquelle il aurait une vie sexuelle normale.

« Il choisit ses armes avec soin. Il n'est pas impressionné par le sang. Il lave ses victimes avant de les transporter. Il évite donc de laisser le moindre indice. Il quitte le lieu du crime avec sa victime pour la transporter dans un lieu où elle sera découverte. Il veut que l'on admire son œuvre. Il pose les cadavres, c'est un rite. Il veut que l'on sache que son fantasme est lié aux cheveux. À mon avis, il garde les scalps. À ses moments perdus, il doit se masturber dessus jusqu'à ce que la lune suivante le pousse à commettre un autre crime et à s'offrir un nouveau fétiche donc une nouvelle chevelure.

« Le fait de transporter les victimes implique qu'il n'habite pas loin. Lors du transport du corps, il y a toujours un risque infime de contrôle routier. Il lui faut donc éviter les longs parcours. Deux corps à Pontorson, un à Villecartier, soit un rayon de vingt kilomètres.

« Il transporte des corps d'un poids de cinquante à soixante kilos. En résumé, il est grand, beau et musclé, genre *latin lover*, roulant dans une voiture sombre, habitant une maison soignée aux alentours de Pontorson. Il est célibataire, introverti et organisé, exerçant une profession libérale. Reste à le situer dans une tranche d'âge : un tueur organisé comme celui à qui nous avons affaire commence en général sa "carrière" entre 20 et 30 ans par des strangulations. Il s'adonne aux tortures entre 30 et 40 ans, puis aux mutilations au cours de la dizaine d'années suivante. Ensuite viennent castration, énucléation, éventration ou éviscération. Enfin, il atteint son apothéose par l'anthropophagie. Dans notre cas, j'opterais pour un homme entre 30 et 40 ans, et ce, malgré les tortures infligées à Annabelle. Cet individu a une progression fulgurante dans son escalade criminelle. Il ne laisse pas passer des années avant d'aggraver ses actions. Il agit de façon progressive dans l'horreur à chaque crime commis. Je crois même pouvoir réduire la fourchette à 35 ans en raison de la personnalité des victimes pour lesquelles il a fait jouer son pouvoir de séduction. Pour Nelly ou Cynthia, un homme d'une quarantaine d'années est un vieux. Elles n'auraient pas été séduites par un homme de l'âge de leur père. Je crois donc que, dans nos recherches, il faut remonter à quinze ans pour les crimes ou disparitions non élucidées pouvant présenter des similitudes avec ce que nous connaissons actuellement. Par recoupement nous arriverons peut-être à isoler un suspect. N'oublions pas que nous aurons affaire à un manipulateur capable de mentir avec aplomb. Cet aspect de sa personnalité devra être à l'esprit de chaque enquêteur amené à interroger un individu quelconque.

« Nous savons que l'homme est narcissique. Il aime lire ses exploits dans la presse, les entendre à la radio ou à la télévision. Il y a sans doute là un moyen proactif de le faire réagir. En le dévalorisant, il va se vexer. Il va se dévoiler pour montrer qu'il est le meilleur. Ce n'est pas sans danger. Il faudrait déjà avoir une liste de suspects que l'on puisse faire surveiller de près afin d'éviter un autre massacre.

« Nous pourrions aussi organiser une messe ou une cérémonie à la mémoire des victimes. Il y a de bonnes chances pour qu'il y vienne. Avec ce que l'on sait de lui, son physique, sa voiture, on peut le repérer.

« Voilà messieurs où j'en suis pour l'instant.

Le silence qui suivit mon exposé était lourd de scepticisme. Jusqu'à ce que le juge se mette à applaudir sans ironie.

— Continuez vos investigations, madame. J'ai le sentiment qu'elles vont nous être fort utiles.

****

Chapitre 15

Hanwi était assez content. Il avait réussi son effet de scène en installant Annabelle Reuters en plein bourg. Les journaux ne parlaient que de lui, de sa perversité, de sa capacité à réussir son entreprise. Il fit la grimace en faisant un effort avec son bras droit pour ramasser une bûche qu'il comptait mettre dans son feu ouvert. En cette fin août, les soirées étaient plutôt fraîches. La loutre l'avait bel et bien mordu. Sans la protection du néoprène, il aurait eu le muscle arraché. Il avait été obligé de se recoudre, ce qui, de la main gauche, n'avait pas été une mince affaire. La fille avait payé l'outrecuidance de l'animal. Il avait laissé libre cours à ses instincts les plus sauvages. Il avait pris un plaisir infini à la torturer. Plus encore que quand il l'avait violée. Plus elle hurlait et implorait sa grâce, plus il se sentait le maître du monde. Personne ne lui arrivait à la cheville. Il avait la même puissance que Dieu. Il décidait en toute impunité du sort qu'il réservait à ses victimes. Elles lui offraient un plaisir intense qui perdurerait dans le temps. S'il se sentait nostalgique, il lui suffisait de descendre l'escalier caché qui menait à la cave, où il se coiffait des perruques, puis s'offrait du plaisir devant le grand miroir tout neuf. Un bon investissement. Il ne ratait plus rien de ces moments qu'il souhaitait plus fréquents. Il envisageait même de filmer les scènes de torture. Ce serait agréable de pouvoir se repasser les bons moments quand il se sentirait mélancolique.

Le bruit caractéristique de l'hélicoptère de la gendarmerie qui ratissait la zone depuis le début de ses exploits le fit sourire. Ils ne le trouveraient jamais. Son antre était inviolable. Quant à la partie visible de l'iceberg, elle croulait sous la respectabilité. Aucun habitant des environs ne pouvait soupçonner M. Georges d'être un psychopathe patenté. Lui qui, lors de ses séjours de vacances, donnait un coup de main aux travaux des champs dans les fermes voisines et qui, l'hiver dernier, avait même aidé sa voisine à accoucher chez elle alors que les inondations bloquaient la région. Le monsieur de Paris, comme l'appelaient les commerçants du bourg chez qui il prenait soin de se montrer lors de ses visites officielles dans la région, était un homme charmant, très bien élevé. Il habitait le vieux moulin qu'il avait fait restaurer par une entreprise du coin. Du moins quand il voulait que l'on sache qu'il était là. Sinon, il arrivait de nuit, rentrait sa Porsche Cayenne bleu nuit dans un hangar abandonné à deux cents mètres d'une entrée dont personne ne connaissait l'existence. Quand il voulait qu'on sache qu'il était là, il arrivait par l'A84 avec une splendide Mercedes S500. Son arrivée ne passait jamais inaperçue. Le docteur parisien était en vacances. Pour les gens du coin, il était un homme harassé par un boulot épuisant et une vie parisienne trépidante, qui venait se ressourcer en juillet, à Noël et à Pâques en Normandie.

Ce n'était pas par hasard s'il était arrivé là et pas ailleurs. Une demi-douzaine d'années plus tôt, il avait opéré un homme d'affaires en veine de confidences. Celui-ci lui avait raconté qu'il possédait un moulin à l'abandon sur le Couesnon en Normandie qui avait la particularité de posséder une cave destinée au départ à servir d'abri antiatomique. Lubie d'un original de l'après-guerre. Place pour de nombreuses provisions et, surtout, isolement phonique total. Le rêve pour les fantasmes d'Hanwi qui s'était aussitôt porté acquéreur. L'ex-propriétaire, ravi de se débarrasser d'un gouffre financier qu'il avait hérité d'un lointain parent, ne se fit pas prier pour conclure l'affaire. Le pauvre homme avait eu un terrible accident de voiture peu de temps après la conclusion de la vente. Hanwi était depuis seul maître à bord. Il se montrait afin de justifier sa présence en vacances. Seulement, depuis trois mois, il était là en parfait clandestin, vivant en autarcie complète, sans jamais se montrer au village. S'il voulait sortir, c'était dans l'anonymat de la ville d'Avranches. Sa soirée en discothèque avait été un peu osée, mais là aussi, la foule avait été sa meilleure couverture. Enfin, il se réalisait. Il ne se sentait plus abandonné par une société qui ne le comprenait pas. Maintenant IL était le maître du monde. Les flics n'avaient qu'à bien se tenir. Ce n'était que le commencement. Il allait les ridiculiser. Il se mit à rire en se contemplant dans le miroir. Il venait de se coiffer de la merveilleuse chevelure brune d'Annabelle Reuters. Il caressa tendrement le scalp de Cynthia puis celui de Nelly. Il se demanda de quelle couleur serait le suivant : noir ou blanc ?

****

153

Après la réunion d'Avranches, je me retrouvai avec Bricart et Jumet à la gendarmerie de Pontorson. Sur des tables s'étalaient les cartes d'état-major de la région. À l'échelle 1/25 000, tout y était répertorié. Chaque ferme isolée était représentée par un petit rectangle noir. Les enquêteurs groupés par deux (en aucun cas des femmes) allaient les visiter une par une. Les propriétaires de maisons de vacances seraient contactés à leur résidence principale afin d'obtenir leur accord pour une visite de contrôle. Il était fort possible que le tueur squatte une maison occupée officiellement qu'un ou deux mois par an. Les garagistes allaient être mis en éveil afin d'essayer de repérer une voiture de couleur sombre bien entretenue, avec une boule d'attelage, qui leur semblerait suspecte. Cette fois la population était acquise à la cause. Personne ne voulait plus d'autre drame. Beaucoup de jeunes filles s'étaient fait couper les cheveux, et les coiffeuses du bourg étaient les seules à se réjouir de la psychose du scalpeur fou.

Les coups de fil s'espaçaient au PC de crise. La délation envers le voisin que l'on n'aimait pas restait de mise, mais rien de constructif n'avait pu être retiré de ces informations.

Le corps d'Annabelle Reuters avait été rapatrié en Allemagne où vivaient ses parents. Du coup, l'affaire avait été saisie par la presse internationale. Le tueur devait se gargariser d'un tel succès.

J'étais persuadée qu'il fallait le choquer pour arriver à le faire bouger avant la prochaine pleine lune. Dans le cas contraire, il y aurait certainement une autre victime innocente. Au vu de l'escalade dans la souffrance imposée aux filles, je n'osais même pas imaginer ce qu'endurerait la prochaine.

Je m'installai dans un coin et entrepris de concocter un plan qui ferait sortir ce rat de son trou. Il me restait deux semaines avant la prochaine nuit de meurtre.

****

Plus d'une semaine s'était écoulée sans apporter d'éléments nouveaux. Ce matin, le journal présentait un ruban noir en travers de sa une. L'article, illustré des photos des trois victimes, rappelait les faits en soulignant le côté sadique du monstre qui avait pu perpétrer de tels actes. Une cérémonie allait avoir lieu à la mairie de Pontorson le vendredi 8 septembre. Les jeunes femmes seraient décorées à titre posthume de la médaille de la ville. Ensuite, une messe serait célébrée à l'église Notre-Dame.

Hanwi sourit à la lecture de l'article. On le prenait vraiment pour un imbécile. La police devait s'imaginer qu'il ne résisterait pas au chant des sirènes et qu'il céderait à l'envie d'aller se pavaner devant les familles des victimes. Ils le sous-estimaient. Lui aussi avait des notions de criminologie. La médiatisation de l'arrestation de nombreux criminels était une source de renseignements très utile. Sans compter les ouvrages de vulgarisation qui avaient fait un tabac après le fameux film *Le Silence des agneaux*. Ces livres auraient pu être des manuels du parfait criminel. Les auteurs y expliquaient la psychologie, la criminologie et enfin des méthodes d'arrestation ou la façon d'obtenir des aveux. Hanwi les avait tous lus. Cela allait s'avérer utile. Jamais la police ne l'aurait. Il était le plus malin ! Ils espéraient le faire sortir. Eh bien ! Il y serait. Mais pas de la façon qu'ils imaginaient.

****

La salle communale jouxtait la mairie. Elle n'était pas très grande, pouvant accueillir au maximum une bonne centaine de personnes. Cela arrangeait Bricart qui devait arriver à filmer tous les participants. Les techniciens de la gendarmerie, aidés bénévolement par deux photographes, finissaient d'installer des caméras aux quatre coins de la salle. Il fallait qu'elles soient invisibles et efficaces. Il ne s'agissait pas de rater un angle quelconque. Les films seraient ensuite passés à la loupe, à la recherche du moindre indice. Ils seraient également projetés aux familles des victimes avec l'espoir qu'un proche reconnaîtrait un individu ayant côtoyé dans un passé plus ou moins proche l'une d'elles. Les parkings et les rues adjacentes seraient patrouillés. Chaque immatriculation correspondant au type de véhicule recherché serait contrôlée. L'équipe de techniciens et de gendarmes quitta la salle peu après dix-huit heures en laissant un planton de garde devant l'entrée. C'était la seule issue possible vers l'extérieur. Il y avait bien une autre porte, mais elle donnait dans la mairie qui elle-même était constamment sous alarme.

Hanwi rigolait dans son coin. Il était entré dans le bâtiment par le syndicat d'initiative avec un groupe de touristes allemands, puis s'était éloigné discrètement comme pour se rendre aux toilettes. Peu après, il s'était glissé dans un des anciens bureaux abandonnés par les employés communaux au profit de salles claires et modernes. Depuis, il patientait. Il lui fallait la complicité de la nuit pour réaliser sa mise en scène sans risquer d'être vu par le planton qui surveillait l'extérieur. Il s'était installé le plus confortablement possible, plongeant dans un état psychique très particulier. Il pouvait rester ainsi pendant des heures, sans éprouver le moindre ennui mental, ni la moindre tension musculaire. Il attendait son heure.

Vers vingt-trois heures, il enfila une combinaison noire, une cagoule et mit des gants. Il se dirigea vers la pièce qui l'intéressait en utilisant d'anciennes méthodes indiennes. Son corps plus souple qu'un serpent ne déplaçait pas le moindre souffle d'air. Aucun bruit, aucun mouvement brusque ne pouvait signaler sa présence bien qu'il porte un sac de sport, encombrant mais léger. Seules les issues, portes et fenêtres étaient sous alarme. Dès l'instant où il avait pénétré dans le bâtiment, Hanwi avait été totalement libre de ses mouvements.

Il descendit l'étage qui le séparait de la salle de cérémonie. Quelques minutes plus tard, il investissait les lieux. Il aperçut la silhouette du planton à travers la porte vitrée. L'ennui et la fatigue le faisaient dodeliner de la tête. La rue était totalement déserte, la circulation nulle. L'homme devait râler de devoir surveiller une salle vide où il n'y avait rien à voler. Hanwi compatit *in petto* et se faufila le long du mur opposé à la porte, jusqu'à se trouver devant les photos des trois victimes. Là, il commença son travail de mise en scène. Cela ne lui prit que quelques minutes. Ensuite, il réintégra son bureau pour y finir une nuit tranquille. Il partirait au lever du jour dès que les femmes de ménage auraient neutralisé les alarmes.

****

C'est le maire qui découvrit, horrifié, le spectacle préparé par Hanwi. Jean Guernain avait été élu maire de sa commune quatre ans plus tôt. La municipalité était sur des rails solides jusqu'à ce qu'on découvre le premier cadavre. Depuis c'était l'enfer. Policiers, gendarmes, police scientifique, légiste ou pire, journalistes et touristes morbides défilaient dans sa commune jusqu'alors tranquille. La cérémonie qu'il voulait empreinte de respect pour les victimes allait se transformer en cirque médiatique. Il empoigna son téléphone et appela Bricart.

****

Le coup de fil de Jumet avait été tellement bref que je n'étais pas certaine d'avoir tout compris.

— Il a fait des siennes. Venez à la mairie tout de suite.

Il était à peine huit heures. La cérémonie était prévue à dix heures et la messe à onze heures. Il fallait que ce soit important pour que Jumet rameute ainsi ses troupes.

J'enfilai un jean et un pull, avalai un verre d'eau avant de sauter dans ma voiture.

Quand j'arrivai à la mairie, un gendarme me fit pénétrer dans la salle où devait avoir lieu la remise des médailles. Je ne pus m'empêcher de marquer un temps d'arrêt. Le spectacle que contemplaient déjà mes collègues habituels était saisissant. La mairie avait disposé trois photos souvenirs, une de chaque victime, sur le mur du fond de la salle. Devant chacune de ces photos le tueur avait disposé un chevalet en bois léger sur lequel se trouvaient des papiers parcheminés décorés d'enluminures thanatologiques. Je m'approchai et pus y lire des poèmes se rapportant de toute évidence à chacune des victimes. Le pire était la présence à côté de la photo d'Annabelle Reuters d'un croquis fait au crayon, représentant une silhouette de femme à la longue chevelure noire. Le visage n'avait pas de traits, mais était remplacé par un point d'interrogation. Au pied du dessin, un mot tiré sur imprimante laser : « Il vous reste cinq jours avant ma prochaine œuvre. »

****

Chapitre 16

Après la découverte à la mairie de Pontorson, la salle de cérémonie s'était transformée en laboratoire de police scientifique. Les techniciens s'employaient à relever des empreintes, photographiaient la scène sous tous les angles possibles et imaginables. Les enquêteurs travaillaient d'arrache-pied. Ils interrogeaient chaque membre du personnel. Le planton était en larmes dans une pièce isolée. Il avait à peine 20 ans et culpabilisait un maximum d'avoir laissé passer de si près l'homme le plus recherché de la région.

La cérémonie civile avait eu lieu à l'église. La presse, ravie de ce nouveau rebondissement, investissait la ville de minute en minute. Il n'y aurait bientôt plus une chambre de libre dans le gros bourg. Hanwi suivait les événements sur la chaîne régionale. Son coup d'éclat était un franc succès. Dommage qu'il ne puisse se montrer pour palper cette célébrité de façon plus concrète. Les journalistes interviewaient un gendarme nommé Bricart associé à un certain Jumet. Les différents éléments qu'il avait disposés à la mairie avaient été filmés. On mettait en garde les femmes ayant de longs cheveux noirs et on demandait à la population de rechercher activement un poète tueur. Hanwi sourit de plus belle. Le premier amoureux qui oserait faire quelques vers risquait de passer un moment chez les flics.

Soudain une image attira son attention. Une femme venait d'apparaître à l'écran. Des tréfonds de son Moi, Hanwi sentit ses signaux d'alarme se mettre en éveil. Elle descendait d'une Peugeot 206 qu'il identifia immédiatement comme celle qu'il croyait appartenir à la rousse. La voiture était facilement reconnaissable, le pare-brise arrière étant garni d'autocollants représentant des chiens.

Il s'approcha de l'écran, fixa l'inconnue comme s'il avait pu capter ses sentiments à travers le poste de télévision.

Une bande-titre annonçait : « Laura Claes, psycho-criminologue ».

Ainsi, c'était avec celle-là qu'il allait jouer au chat et à la souris. Il augmenta le son, ne voulant pas perdre une miette de ce que cette soi-disant spécialiste allait bien pouvoir sortir comme âneries le concernant.

****

Il fallait faire bouger les choses. Le plan visant à inciter le criminel à se découvrir n'était pas un échec en soi. Il était bel et bien venu. Seule une surveillance incomplète lui avait permis de repartir en toute tranquillité. Je savais maintenant qu'il suivait la presse régionale, la seule à avoir annoncé la cérémonie publique. Cela confirmait sa présence dans les environs du bourg. Son audace n'était que bravade destinée à montrer aux policiers que c'était lui et lui seul qui menait le jeu. Il était en pleine phase narcissique. Je devais arriver à le déstabiliser afin de le démasquer. Seulement, pour cela il me fallait plus d'éléments. Si je brusquais trop les choses sans avoir un panel de suspects à mettre sous surveillance, j'envoyais une innocente à la mort. Nous en avions longuement discuté avec Bricart et Jumet. Avec ou sans mon intervention, le tueur était décidé à frapper. Son coup d'éclat de cette nuit en était une preuve flagrante. Il valait mieux tenter quelque chose que de rester à attendre les bras croisés la découverte d'un nouveau cadavre. S'il y avait une prochaine victime, nous aurions au moins tenté l'impossible pour l'éviter.

Nous vivions dans une trop petite agglomération, pour qu'à un moment ou à un autre quelqu'un ne réalise pas que son ami ou son voisin puisse être un meurtrier. J'étais certaine que l'homme n'était pas du cru mais qu'il avait ses habitudes dans la région. Ses réactions prouvaient qu'il était doué d'une intelligence pratique, capable de s'autoprotéger tout en narguant ses poursuivants.

C'est en me faisant ces réflexions que j'avançai d'un pas ferme et décidé vers les journalistes.

Il me restait trois jours avant la prochaine pleine lune.

****

— Madame Claes, madame Claes, votre opinion sur les derniers développements de l'affaire qui passionne maintenant la France entière : je veux parler du scalpeur fou.

— Fou ! C'est vous qui le dites. D'après moi, nous avons affaire à un homme particulièrement intelligent.

Il s'attaque à des femmes qui lui sont inconnues, de façon que nous ne puissions faire aucun lien entre lui et ses victimes. Les seuls critères qui motivent son choix sont les cheveux…

— Cela paraît évident. À votre avis pourquoi ?

— C'est un fétichiste. Il aime se retrouver dans son intimité la plus totale avec les chevelures. Ce symbole doit lui rappeler une personne qu'il a particulièrement aimée, dont il a été privé. Il s'accroche donc à ses fantasmes avec l'espoir de recréer des sensations qu'il a dû connaître en tant qu'enfant ou adolescent.

— Vous avez l'air de penser à sa mère. Comment alors expliquer les viols et l'utilisation d'objets lors des sévices qu'il inflige à ses victimes ?

— Avez-vous entendu parler du complexe d'Œdipe ?

— Le fils amoureux de sa mère ? Comme tout le monde. Les petits garçons adorent leur maman et les filles leur papa. Ce n'est pas pour autant qu'ils deviennent tous des assassins pervers.

— Voilà ! Vous avez lâché le mot juste. Pervers, du latin *perversus* qui signifie « tordu ». Il est intelligent certes, mais sadique et pervers. Il fait preuve d'une immaturité sexuelle qui prouve qu'il n'a pas dû avoir de compagne fiable dans son existence. Adolescent, il doit avoir pratiqué ce que les spécialistes du FBI ont appelé « la triade meurtrière ».

— C'est-à-dire ?

— Cela signifie que, ne pouvant avoir un développement affectif normal, il sera resté énurétique après 12 ans, qu'il aura allumé des incendies et martyrisé des animaux, voire des enfants plus faibles que lui. Il aura ainsi goûté au pouvoir de la domination, jusqu'à ce que cela devienne une drogue. Il en a besoin pour éprouver de la jouissance.

— Pensez-vous que nous ayons affaire à un malade mental ?

— Certainement pas !

— Vous voulez dire qu'il est responsable de ses actes, qu'il pense et prémédite tout ce que les victimes ont eu à subir…

— Non seulement je le pense mais j'en suis convaincue. Il paraît parfaitement normal aux yeux de ses proches ou de ses collègues, pourtant, c'est un psychopathe. Autrement dit, un criminel de la pire engeance qui soit. Son comportement est le reflet de sa personnalité.

— On nous a dit que différents éléments laissés par le tueur vous ont permis de définir non seulement son profil psychologique mais aussi biographique et physique. Pouvez-vous nous en dire un peu plus sur ces différents points ?

— Je crois qu'au niveau psy, je vous en ai déjà dit pas mal. Sa biographie reste encore floue en dehors de cette relation exclusive et particulière qu'il devait avoir avec une mère vraisemblablement trop tôt disparue. Je crois que cet homme a suivi des études qui portent sans doute sur l'anatomie : médecine ou boucherie. Vous allez me dire que les niveaux sont différents, mais ces deux professions étudient de façon précise les différentes parties du corps des mammifères ainsi que la façon de les découper, que ce soit pour en faire de la viande ou pratiquer des opérations pointues. Il a aussi forcément appris à scalper. Ce genre de geste n'est pas inné. Je crains malheureusement qu'il y ait eu dans le passé des victimes dont nous n'avons pas connaissance.

Il est rare qu'un tueur se lance dans le type de crimes qui nous préoccupe dès une première « expérience ». Nous recherchons donc des faits similaires dans des affaires non élucidées à travers tout le territoire. Quant à son physique, je peux vous proposer ceci.

C'était là mon coup de théâtre. Le choc qui devait faire bouger le monstre.

Je déroulai devant moi un panneau de papier représentant quasiment grandeur nature le portrait élaboré par les spécialistes de la gendarmerie. Une échelle indiquait la taille approximative d'un mètre quatre-vingt-cinq à un mètre quatre-vingt-dix pour un poids estimé à quatre-vingt-cinq kilos.

La silhouette était vêtue de vêtements d'une certaine classe. Le sigle Nike était reconnaissable sur les chaussures marquées taille 46.

Comme sur le portrait laissé dans la salle de cérémonie, une seule chose manquait : les traits du visage. Un « OH ! » jaillit du groupe de journalistes alors que des auxiliaires de police leur distribuaient des reproductions du portrait.

— Ayez la gentillesse de publier ceci. À un moment où l'autre, quelqu'un reconnaîtra cet individu. Je peux vous assurer que nous savons à peu près tout de lui à part son nom. Ce n'est qu'une question de temps.

****

Après la conférence de presse, je rejoignis la cellule de crise. Bricart et Jumet avaient les premiers rapports concernant les faits de la nuit.

L'enquête de police avait rapidement démontré que le tueur s'était laissé enfermer à l'intérieur de la mairie au cours de la journée précédente, sans doute peu de temps avant la fermeture des bureaux. La personne préposée à l'accueil n'ayant pas remarqué l'arrivée d'un homme seul, la logique voulait qu'il soit entré par le syndicat d'initiative, véritable moulin où il était impossible de comptabiliser ou de repérer des personnes. Il en passait tout le temps. De là, il était facile de rentrer dans le bâtiment principal où un tas d'anciens bureaux inoccupés offraient des cachettes à profusion. Dans l'un d'eux, on avait trouvé des traces dans la poussière du sol. Les premiers moulages confirmaient des chaussures de sport taille 46. Aucune empreinte digitale n'avait pu être détectée. Le bois utilisé pour les chevalets était du sapin vendu à la coupe dans n'importe quel Bricomarché des environs. Le papier utilisé pour le message sortait d'une rame lambda vendue en supermarché. L'étude des caractères et de l'encre devrait permettre de définir la marque de l'imprimante. Cela demandait du temps. Jumet espérait les résultats avant la fin de la soirée. Le dessin était dans les mains des graphologues qui devraient pouvoir en tirer des conclusions au niveau de la personnalité de l'individu. J'espérais en mon for intérieur qu'ils correspondraient aux miens. Question de crédibilité !

Lambert n'était pas présent au début de la réunion. Il arriva moins d'une heure plus tard, brandissant triomphalement un fax en provenance du labo de Caen.

— Trouvez-nous un suspect. On a de quoi le confondre !

— Comment ?

C'était Jumet qui avait posé la question.

— ADN. Acide désoxyribonucléique. La carte d'identité unique à chaque individu. C'est le constituant essentiel des chromosomes du noyau cellulaire. Depuis 1987 la police s'aide de la science pour une identification génétique des suspects. Si l'ADN laissé sur place par un criminel correspond à celui d'un suspect, on est certain à quasiment 100 % de tenir le bon individu.

— Toubib ! Nous savons tous ce qu'est l'ADN. Ce qui nous intéresse c'est de savoir d'où vient celui-ci.

— Rappelez-vous. J'avais prélevé des indices sous les ongles de Cynthia Bazin. Parmi eux, un débris de peau, peu exploitable mais surtout, ce que j'ignorais encore il y a quelques heures, un seul et unique cheveu. Extrêmement court, moins d'un demi-centimètre, noir, appartenant à un individu de sexe masculin. Très riche en mélanine, le pigment foncé. Ce cheveu a une racine, un bulbe où l'on a pu prélever le précieux ADN. L'autre extrémité est coupée de telle façon que les spécialistes estiment qu'il n'a pas été coupé mais rasé. Nous pouvons en déduire, si Cynthia n'a pas caressé la tête d'un autre homme durant les heures précédant sa mort, que le criminel a les cheveux noirs, très courts, à la légionnaire.

— Voilà qui va faire avancer notre portrait-robot !

Déjà un gendarme se dirigeait vers la silhouette accrochée au mur du fond, empoignait un feutre et entamait de compléter le portrait de l'inconnu. Connaître la coiffure était un point important. Cela pouvait changer l'aspect extérieur du tout au tout. Je me laissai aller à penser à haute voix.

— C'est certainement la coupe qui convient le mieux pour pouvoir enfiler les perruques qu'il apprécie tant.

Hanwi n'était pas très content. Or, quand il n'était pas content, il fallait qu'il trouve un exutoire. Il entra dans la pièce où il gardait ses victimes, enfila le scalp d'Annabelle, dessina rapidement une silhouette de femme directement sur le mur sale. Il lui donna approximativement les traits de la psy.

De quel droit cette femme osait-elle parler de sa mère ?

C'était comme si une merde se permettait de donner une opinion sur un ange. De plus, la description qu'elle avait faite de sa personne était bien trop précise à son goût. Un imbécile ou l'autre finirait bien par penser au bon docteur, même s'il n'était pas censé être dans les parages. Il s'appliqua sur son dessin, détachant les membres et les seins, dessinant le sang qui jaillissait des plaies.

— Tu vas voir, salope. À cause de toi je vais devoir partir, quitter ce nid idéal. Tu vas le payer… Tu vas le payer très cher. Bien plus que ta copine.

Il s'acharnait sur son crayon rouge.

C'est à cet instant que retentit le carillon de la porte d'entrée.

Hanwi suspendit son geste. Il brancha le système de vidéosurveillance qui lui permettait de surveiller à 180° l'entrée et les alentours.

Ce qu'il vit lui arracha un sourire. Après tout, il n'était pas trop pressé. La psy pouvait attendre un peu.

****

CARNET (EXTRAIT)

Plus noirs que le jais, j'ai dessiné tes cheveux sur mon chevalet.

Tu n'avais pas encore de visage quand les larmes coulaient des nuages

Le soleil est apparu créant devant mes yeux surpris un visage nu,

Vierge des stigmates de la vie, portant ta candeur et ton innocence aux nues des fantasmes de ma perverse inconscience.

Tu es entrée dans l'antre du monstre que tes pires songes d'enfant n'auraient pu imaginer

Malgré les mises en garde des médias répétées.

Demain tu t'envoleras libérée de tes souffrances

Qui m'auront donné tant de jouissance,

Portée par les ailes noires du corbeau de la mort

Vers le pays où les belles sacrifiées sur l'autel de la dominance

Se retrouvent pour une dernière danse offerte telle une gemme

À la lune aussi déserte que mon cœur noyé dans la brume.

ASJ

Chapitre 17

Manuela Anita Lopez faisait partie, comme le reste de sa famille, du clan de Roberto José Rodriguez. Ils étaient une cinquantaine de personnes réparties dans quinze caravanes à sillonner la France. Les femmes fabriquaient des vanneries, les hommes proposaient leurs services suivant les saisons en tant qu'ouvriers agricoles ou ramoneurs. Pour vendre les vanneries, on utilisait les adolescents qui à vélo se rendaient de ferme en ferme, écoulant le travail de leur mère ou grand-mère. Le clan de Roberto était d'origine espagnole. Tous les ans ils passaient juillet et août en Andalousie, participant à un grand rassemblement gitan. On priait, baptisait les nouveau-nés de l'année, puis c'était une fête gigantesque où les hommes et les femmes retrouvaient leurs racines, pendant que les jeunes créaient de nouveaux liens dans le plus pur respect de la tradition. Fin août, Roberto participait au rassemblement des chevaux et des taureaux. Ensuite, les caravanes reprenaient le chemin de la France. C'est ainsi qu'ils arrivèrent dans la bonne ville de Pontorson le mardi 12 septembre. C'était toujours par-là qu'ils commençaient leur tournée, car la mère de Roberto était enterrée au cimetière se situant sur la route du Mont-Saint-Michel. De plus, à la fin du mois, le saint en question était très fêté dans la région. Chaque bourg ou village organisait une fête foraine où les vanneries se vendaient bien.

Ils furent, comme à l'habitude, installés sur un terrain à l'entrée de la ville. Épuisés par une longue route, ils se soucièrent peu de l'agitation qui régnait en ville.

Demain est un autre jour ; l'on aviserait en temps utile sur l'opportunité de rester dans un endroit où il passait toute la nuit des voitures de patrouille de gendarmerie.

Le mercredi matin, alors que les hommes dormaient encore, les femmes chargèrent les vélos des adolescents qui furent envoyés faire leur tournée habituelle.

Si la mère de Manuela avait eu vent de l'affaire en cours, elle n'aurait certainement pas envoyé sa fille d'à peine 16 ans sur les routes de campagne. Fraîchement débarquée, elle ignorait tout des horreurs du scalpeur fou.

****

La jeune fille était partie vers neuf heures trente en direction de Pontorson. Elle avait du vague à l'âme, car en Andalousie elle avait rencontré un garçon beau comme un dieu grec. Il avait 18 ans, faisait partie du clan de Paco Miquel Cacho. Heureusement pour les jeunes gens il s'agissait de clans amis, ce qui leur avait permis de flirter discrètement sous l'œil scrutateur du frère aîné de Manuela, le ténébreux Diego Garcia. La famille était très catholique et confite de traditions.

La fille de Rico et Magdalena devrait arriver vierge le jour de ses noces. Si elle avait de la chance, son père accepterait de rencontrer le jeune homme qui avait bonne réputation parmi les gens du voyage. Dans le cas contraire, il choisirait l'époux de sa fille qui, consentante ou non, serait mariée le jour de ses 18 ans.

Manuela avait la fraîcheur des jeunes filles qui découvrent l'amour à l'aube de l'adolescence. Ses traits n'avaient pas encore perdu le flou des rondeurs de l'enfance. Les joues étaient encore un peu trop pleines bien que les lèvres soient charnues et dessinées avec précision, la moue un rien provocante. Elle n'était pas très grande mais bien proportionnée. Elle trouvait ses seins trop menus, mais savait les mettre en valeur en se tenant très droite et en bombant le torse, ce qui lui donnait l'air altier. Comme beaucoup de jeunes filles de son âge, elle se trouvait moche, alors qu'elle était mignonne à croquer. Il y avait pourtant une chose dont elle était vraiment fière. Ses cheveux descendaient en cascade jusqu'à ses reins. Une fois les cheveux de bébé disparus, sa mère ne les lui avait plus jamais coupés, si ce n'est l'extrémité des pointes afin d'éviter les fourches. La jeune fille étant dotée d'un système pileux généreux, avait à ce jour la plus belle chevelure du clan. Elle passait des heures à la démêler avec une brosse en soies de sanglier. Ensuite, sa mère l'aidait à les tresser en nattes serrées qui, défaites lors des grandes occasions, libéraient des vagues ondulantes du plus beau noir, témoignant des origines hispaniques de la famille.

Aujourd'hui, devant travailler, Manuela avait monté ses tresses en deux imposants macarons, fixés par de solides épingles de chaque côté de son crâne. Elle avait enfilé un jean avec des espadrilles ainsi qu'un T-shirt rose, ce qui pour faire du vélo lui semblait le plus confortable. La veille, ils étaient arrivés sous la pluie mais ce matin l'été indien avait l'air de vouloir s'installer sur la Normandie. Le ciel était du plus beau bleu, et la douceur de l'air faisait plus penser au printemps qu'à un début d'automne.

Les ventes avaient eu du mal à démarrer. Manuela s'était vu refuser l'entrée de plusieurs fermes : un vieux ronchon avait même poussé le vice jusqu'à exciter son chien pour qu'elle déguerpisse plus vite. Heureusement, les choses s'étaient arrangées en fin de matinée. Elle avait vendu trois paniers. Il ne lui en restait qu'un. Si elle parvenait à écouler celui-là, il n'y aurait plus que des bricoles à vendre, donc sa mère serait contente. Quand Magdalena était satisfaite des services de sa fille, elle avait une oreille compatissante à ses petits secrets. Avec un peu de chance, elle accepterait peut-être de parler au père du bel Andalou. C'est ainsi que, bien qu'il soit midi passé, l'heure de rentrer au camp, elle décida de tenter une dernière chance pour vendre son panier. Elle sonna à la porte d'un moulin.

****

En regardant l'écran de contrôle, Hanwi se dit qu'il avait vraiment beaucoup de chance. Lui qui pensait qu'il aurait du mal à trouver la chevelure noire en raison de la psychose due aux trois derniers meurtres se la voyait offrir à sa porte. Qui plus est le jour J ! Il ne rêvait pas. La poupée qui se tenait là était coiffée d'une façon qui ne laissait aucun doute sur la couleur et la longueur de ses cheveux. Il ne fallait surtout pas laisser passer une occasion pareille. Tout en ôtant vivement le scalp d'Annabelle, il appuya sur le bouton du parlophone.

— Oui ?

— Bonjour, monsieur. Je vends des paniers et des objets en vannerie. Les prix sont intéressants, tout est fait main. Puis-je vous proposer de bonnes affaires ?

Hanwi toujours aussi stupéfait de ce coup de veine inouï ne pouvait croire à ce qu'il voyait.

Pour la forme, il fit mine d'hésiter. Tout en discutant, il manipulait le curseur de la caméra de surveillance. Il devait être certain que la fille était seule.

— J'aurais bien besoin d'un panier à provisions… Êtes-vous certaine de la qualité ? Ce n'est pas du bazar fabriqué à Taïwan au moins ?

Pour quelqu'un de non averti, l'illusion était parfaite. Il ne voulait pas se faire rouler.

La fille tomba dans le piège immédiatement.

— Le mieux serait que vous jugiez par vous-même, monsieur. Ouvrez-moi, que je puisse vous montrer ce que j'ai à vous offrir. C'est ma mère qui les réalise. Je vous assure que c'est de la qualité.

— Très bien. J'arrive, mais je ne vous promets rien.

En son for intérieur, il lui promettait plein de choses. Mais cela, évidemment, il devait lui en réserver la surprise. Il avait profité de la conversation pour effacer de son visage le rictus de haine qu'il avait en créant le dessin de la psy. Il s'était passé une éponge humide sur la tête afin de supprimer toute trace en provenance du scalp qu'il portait quelques minutes auparavant. Il se composa un visage doux et avenant. En passant devant le miroir du hall, il se lança un regard satisfait. Il était parfait. On lui aurait donné le Bon Dieu sans confession, comme le disait l'imagerie populaire.

S'il n'avait pas été le plus grand *killer* de l'histoire de France, il aurait pu être comédien.

****

Manuela commençait à trouver le temps long derrière la porte. Si ce type ne se décidait pas à ouvrir, elle allait continuer sa route. Elle s'apprêtait à faire demi-tour quand elle entendit jouer le pêne.

La porte s'ouvrit sur Hanwi. La jeune fille resta muette un instant. Elle n'avait jamais ressenti une telle attirance devant un homme. Même le bel Andalou avait disparu de ses pensées en cet instant. Celui qui lui faisait tant d'effet avait environ 35 ans. Il n'était pas excessivement beau, mais dégageait un charme fou. Il était très grand. Pour saisir son regard, Manuela dut lever la tête afin de plonger ses yeux noirs dans un autre regard anthracite. Elle eut un léger malaise, mais se sentit subjuguée.

« Comme il est beau ! » pensa-t-elle. Elle toussa, essayant de se donner une contenance.

— Excusez-moi. Je…

— Vous avez parlé d'objets…

— Oui. Voilà.

Troublée, elle laissa tomber deux ou trois bricoles. Hanwi, conscient de l'effet qu'il provoquait, eut un instant de satisfaction profonde. Il allait en faire ce qu'il voulait. Il n'aurait aucun mal à la faire entrer. Dès lors, ce serait un jeu d'enfant. En détaillant sa future victime, il eut un peu l'impression de jouer dans la cour de la maternelle. Elle avait sans doute l'âge de Nelly, peut-être même un peu moins. Il aimait ça. Elle serait plus docile et plus impressionnable. Elle n'avait pas fini de le supplier ! Il allait passer une nuit formidable.

Pendant qu'elle ramassait ses paniers, il jeta un œil aux alentours. Personne.

— Voulez-vous poser tout cela sur la table ? Ce serait bien plus facile.

— Je ne voudrais pas vous déranger…

— Je vous en prie. Au contraire, vous me rendez service.

Manuela franchit la porte avec un sourire timide. Elle avança dans un hall carrelé de pierre en grès. Les murs étaient chaulés, des objets anciens tranchaient sur la couleur blanche ambiante.

— C'est la première à droite. Entrez donc.

— Oui, merci. C'est très beau chez vous.

— C'est un ancien moulin. J'ai beaucoup travaillé pour le reconstituer à l'authentique.

— C'est très réussi. Voilà les vanneries.

Elle posa les objets sur une table de ferme assez grande pour accueillir au moins douze personnes. Il n'y avait pas de chaise, mais d'immenses bancs. Un vaisselier garni d'assiettes en faïence de collection garnissait le mur du fond. L'originalité résidait dans le fait qu'une partie du plancher était remplacée par une vitre sous laquelle on voyait tourner la grande roue du moulin.

Hanwi surprit le regard étonné de la jeune fille. Il s'approcha, lui mit la main sur l'épaule.

— Approchez. Vous verrez, cela fait une drôle d'impression de marcher sur la vitre ! On a l'impression de se déplacer dans le vide. Ne craignez rien, c'est très solide. C'est une vitre blindée.

Manuela avait légèrement tressailli en sentant la main de l'homme se poser sur elle. Un instant elle avait eu peur. Cela avait été fugace, très vite disparu. Il voulait juste lui faire admirer son moulin. Elle s'avança, posant un pied timide sur la vitre.

— Comme c'est bizarre ! On a vraiment l'impression que l'on va tomber. Cela me donne le tournis.

Elle rejeta la tête en arrière et rit avec la fraîcheur de ses 16 ans. Dans son geste une épingle tomba avec un bruit métallique. Sans quitter la jeune fille des yeux, Hanwi se pencha pour la ramasser, puis d'un geste très sensuel entreprit de la remettre en place. Brusquement, il donna l'impression de changer d'avis et au contraire se mit à les enlever les unes après les autres. Les lourdes nattes se déroulèrent. Manuela était tétanisée. Elle savait que ce qui était en train de se passer n'était pas bien mais n'arrivait pas à secouer cette impression de mainmise sur sa personnalité. Elle d'habitude volontaire se sentait entièrement à la merci de cet homme.

— Voulez-vous boire quelque chose avant de reprendre la route ?

Manuela du fond de sa conscience eut une bouffée de soulagement. Il n'allait rien lui faire de mal, il lui proposait de repartir.

— Volontiers.

— Un jus de fruits ?

— Je veux bien.

Là aussi tout était étudié. En avalant un jus de pamplemousse amer, cette gamine ne se douterait pas qu'elle avalait aussi un puissant calmant.

Il fit le service et ils trinquèrent à la vente des objets en vannerie.

— Vous m'avez l'air d'avoir des cheveux magnifiques. J'aimerais les voir dénattés. Voulez-vous faire cela pour moi ?

— Je ne crois pas que cela soit bien. Il faut que je parte. Ma mère va s'inquiéter.

C'est la lueur qui avait changé dans le regard de l'homme qui tout à coup fit comprendre à la jeune fille que les choses n'étaient pas aussi saines que cela.

— Comme vous voulez. Je vous raccompagne.

Elle se leva. Brutalement, tout se mit à tourner.

Elle se retint au bord de la table. Sa dernière pensée avant de sombrer dans la nuit fut qu'elle avait été idiote de rentrer dans cette maison.

****

Chapitre 18

La pleine lune éclairait un ciel sans nuages. *Can Wapegi Wi* : la lune où les feuilles brunissent, soit pour les Sioux le mois de septembre, promettait d'être mémorable pour le fils d'Ours Sauvage et de la blonde Sandrine. Jamais Hanwi ne s'était senti l'esprit aussi conquérant. Il allait dominer cette fille, la posséderait puis offrirait le sacrifice de sa vie à son astre totem.

Quand la demoiselle s'était évanouie, il l'avait transportée dans ses bras puissants jusqu'à l'abri souterrain. Il l'avait installée sur le lit malodorant, l'avait déshabillée et attachée avec de solides courroies. Il avait pris un des foulards fleuris dont sa mère faisait collection, l'avait bâillonnée puis avait longuement caressé le corps inanimé en fredonnant la *Symphonie du Nouveau Monde*.

Quand il avait l'esprit calme et reposé, il se disait qu'il était grand temps de nettoyer ce lit, mais, lorsqu'il était en transe, il ne voyait plus l'état de la couche ni ne sentait les odeurs nauséabondes qui s'en dégageaient.

Pour l'instant, il avait autre chose à faire. Il quitta la pièce laissant Manuela inconsciente.

— À ce soir, ma belle. D'ici quelques heures tu me seras reconnaissante de bien vouloir te tuer.

****

Je bouillais. La date fatidique était là. Bien que nous progressions doucement, nous n'avions toujours rien de solide. Pas de nom ni de trait à mettre sur la silhouette fantôme. Il était midi. D'ici une dizaine d'heures une jeune femme allait mourir. Je ne pouvais rien faire pour l'en empêcher. En accord avec les autorités, la presse et les médias audiovisuels recommandaient aux femmes de rester chez elles en cette soirée de pleine lune.

Jusqu'à présent, aucune disparition n'avait été signalée, mais je ne doutais pas un instant que le criminel arriverait à ses fins.

Tous les médecins et chirurgiens recensés par l'ordre des médecins habitant dans un rayon de cent kilomètres avaient été contrôlés, de même que les artisans bouchers, les employés d'abattoirs et les équarrisseurs. Des centaines d'hommes sillonnaient les campagnes à la recherche du moindre indice.

La piste qui me semblait la plus probable, maintenant que chaque maison habitée avait été contrôlée, était la maison de vacances. Là aussi, il y en avait des dizaines. Oubliant ma fonction officielle, je fis comme les autres enquêteurs, je me mis à téléphoner aux différents propriétaires pour obtenir le droit de perquisitionner leur bien en leur absence, ceci sans présomption particulière.

Devant l'urgence et l'horreur de la situation, la majorité des propriétaires lointains acceptaient par civisme de faire ouvrir leur porte. Souvent un voisin quelconque avait une clé « au cas où ».

Mais il y avait aussi les imprévoyants qui n'avaient laissé aucun moyen de rentrer chez eux. Il fallait alors faire appel à un serrurier accompagné d'un OPJ, cela aux frais des autorités. Devant les moyens mis en œuvre, les comptables commençaient à tousser, mais nos responsables tenaient bon.

Il y avait également des propriétaires étrangers : des Anglais en majorité, des Allemands, des Belges ainsi que quelques Espagnols ou Italiens. Joindre ces gens relevait du parcours du combattant. Il fallait trouver des interprètes. Les propriétaires ne comprenaient pas grand-chose. Beaucoup n'étaient pas disposés à faire ouvrir leur propriété sur un simple coup de fil. Ils exigeaient un papier officiel, qu'il fallait leur faire parvenir dans les plus brefs délais. Il fallait parfois plusieurs jours avant qu'ils ne reçoivent le précieux papier et autant de temps pour qu'ils daignent répondre.

Les interprètes intervenaient au coup par coup. Seule une équipe de trois personnes gérait ce travail de ratissage, visite des sites compris. Cela prenait un temps fou. D'après le brigadier responsable, sans information complémentaire pouvant orienter les recherches, une enquête systématique prendrait minimum deux mois.

J'avais lu et relu les dossiers des victimes espérant trouver un indice qui m'aurait échappé les premières fois.

Le fantasme du tueur était élaboré. Il faisait donc preuve d'une maturité criminelle. Il avait certainement agi précédemment. Le tout était de découvrir où et quand. J'étais certaine que pour lui le meurtre primait sur le viol. Il connaissait le coin. Y avait-il une corrélation entre les endroits choisis pour déposer les corps ? Avaient-ils une symbolique pour l'homme ? Représentaient-ils un confort géographique ou un lieu d'exposition pour ce qu'il considérait comme son œuvre ?

Cela avait un certain sens pour Nelly et Annabelle qui avaient été posées dans des endroits publics où l'on ne pouvait manquer de les découvrir vite. Mais Cynthia ? Elle avait été enfermée dans une fermette isolée. Il aurait pu se passer des mois avant que quelqu'un n'y entre puisque le panneau à vendre était encore sur la porte.

À moins que…

Peut-être l'homme savait-il que la fermette avait été vendue et que le nouveau propriétaire ne pouvait manquer de s'y rendre dans la journée.

Était-il une relation de John Mac Enzie ? Celui-ci avait pourtant subi une enquête de proximité qui n'avait rien laissé paraître de suspect. Je relus encore le document sans rien y relever de particulier.

Le notaire ! Avait-on fouillé la vie du notaire ou celle de ses clients ?

Il n'y avait rien là-dessus dans l'épais dossier bleu. Je décidai de fouiller un peu de ce côté. Je n'avais rien à perdre.

****

Magdalena commença à s'inquiéter vers midi et demi. Elle servait son repas à treize heures. Il n'y avait pas d'excuse possible pour être en retard au déjeuner familial.

Sa fille était partie à son habitude en début de matinée faire sa tournée de vanneries. Elle rentrait toujours pour midi juste, afin d'aider sa mère à éplucher les légumes et les pommes de terre. Quand elle ne vit pas sa fille, elle pensa que celle-ci avait traîné en route avec sa copine Cornélia. Elles étaient à l'âge où l'on pipelette à qui mieux mieux. Magdalena serait indulgente, car cela lui rappelait sa propre adolescence et son amie Maria trop tôt décédée dans un accident de la route. Malgré tout, un zeste d'inquiétude commença à poindre dans son esprit. D'ici un quart d'heure, les hommes allaient arriver. Rico et Diego n'allaient pas du tout apprécier l'absence de la jeune fille.

« Pourvu qu'elle ne traîne pas avec un garçon quelconque, sinon elle va se prendre une rouste ! »

L'inquiétude devint angoisse quand la mère de Manuela sortit de sa caravane pour observer les alentours avec l'espoir de voir sa fille et qu'elle réalisa que les autres ados étaient rentrés. Les vélos étaient posés négligemment contre les caravanes. Elle alla trouver Cornélia qui lui dit avoir quitté Manuela vers dix heures après s'être donné rendez-vous à midi au carrefour de Boucey. Comme Manuela n'y était pas, la jeune fille avait continué sa route afin d'être à l'heure chez sa mère. Elle alla voir les autres jeunes gens. Personne n'avait revu Manuela depuis le matin.

Magdalena rentra à la caravane en espérant y trouver sa fille tout en sachant au fond d'elle-même qu'elle n'y serait pas. Elle savait déjà qu'un grand malheur était arrivé, mais refusait d'y croire.

Rico était rentré et Diego prenait une douche.

— Où est la gamine ?

— Je… Je ne sais pas. Elle a disparu.

— Comment cela ?

— Elle est partie vendre les paniers. Depuis, personne ne l'a revue.

— Avec qui est-elle ?

— Ce n'est pas ce que tu crois. Tous les autres sont revenus.

Rico réfléchit un instant. Ce matin, il était allé proposer ses services dans les fermes pour la récolte du maïs. Il avait entendu parler des récents événements. Il ne voulait pas en parler à Magdalena, car elle allait devenir hystérique si elle pensait que sa fille courait un réel danger.

Le fermier de Rouffigny lui avait montré les journaux. Il savait ce qui intéressait le tueur et il savait comment était coiffée sa fille. Une onde glaciale lui traversa le corps.

Il empoigna le fusil à pompe qu'il cachait sous la banquette qui servait de canapé.

Il appela :

— Diego ! Tu me rejoins chez Luis. Je rassemble les hommes. On a du boulot.

Magdalena se planta devant lui :

— Qu'est-ce que tu me caches ?

— Écoute, on verra ça plus tard.

— Tu ne crois pas qu'il faudrait prévenir la police ?

— Pas question ! C'est une affaire qui concerne ma famille. Je vais la régler à ma mode. Si un salaud a touché à ma gosse, je le tue ! Les flics, ils le mettront en prison d'où il sortira aussi sec.

— Dis-moi ce que tu sais à la fin !

— Tu le sauras toujours assez tôt.

Il partit en claquant la porte, suivi quelques instants plus tard par un Diego au visage fermé.

Magdalena voulait savoir. Elle entrouvrit la fenêtre, tenta d'entendre ce qui se disait à l'extérieur.

Les hommes valides étaient rassemblés en cercle autour de Rico. Presque tous étaient armés.

Magdalena sentit l'angoisse lui serrer les tripes. Si les hommes sortaient armés en plein jour au mépris des lois, des policiers et des gendarmes, c'est qu'il se passait quelque chose de dramatique. Elle tendit l'oreille. Ce qu'elle entendit lui coupa les jambes. Elle dut s'asseoir.

*

C'est le froid qui réveilla Manuela. Sa conscience encore trouble ne lui restitua pas tout de suite la situation. Elle pensa qu'elle avait eu un accident puis en un éclair se souvint. L'homme ! Elle voulut respirer et s'étouffa plus qu'autre chose avec un tissu qui lui obstruait la bouche. Elle voulut bouger, réalisa qu'elle était attachée. Une nausée lui secoua le ventre quand son odorat lui restitua les odeurs ambiantes. Un sursaut lui fit ravaler son envie de vomir. Elle s'étoufferait à cause du bâillon. Il ne fallait surtout pas cracher. Elle se força à respirer profondément. Elle devait se calmer pour comprendre et trouver une solution. Elle avait beau ouvrir les yeux, elle ne voyait rien. À force de scruter la nuit qui l'entourait, elle perçut un rai de lumière. Elle en déduisit qu'il y avait là une porte. Elle fixa cette lueur comme si elle avait eu le pouvoir de l'hypnotiser. La porte ! C'était la sortie. Il fallait l'atteindre coûte que coûte. Elle se força à réfléchir. Sa mère lui aurait dit : « Sers-toi de ta tête ! »

« Maman ! J'ai besoin de toi ! » Cette pensée finit de la désespérer.

Mue par un sursaut de révolte irraisonnée, elle se tordit en tous sens, espérant se libérer les poignets et les chevilles. Elle ne fit que s'enfoncer les liens dans les chairs. Le nylon la coupa. Des larmes de peur, de désespoir et de douleur lui montèrent aux yeux. Son nez se mit à couler et, ne pouvant ouvrir la bouche pour respirer, elle s'étouffa au sens propre dans ses larmes. Elle voulut hurler, mais ne fit qu'émettre un gémissement minable.

Dans une ferme voisine, un chien de berger hurla à la mort.

****

Chapitre 19

Tout plutôt que de rester seule dans cette pièce sinistre. Le drap sur lequel elle était couchée était humide. Elle avait mal au dos, aux bras et aux jambes. L'odeur était insupportable. Après sa crise de panique quelques heures plus tôt, elle s'était effondrée, restant amorphe, proche d'un état catatonique.

Soudain un espoir fou naquit au fond de son être. Son père allait la retrouver. Cela faisait longtemps qu'elle était prisonnière. Elle avait forcément raté le repas de midi. Jamais Rico n'accepterait une absence à un repas. Il avait dû se mettre à sa recherche. Il trouverait son vélo le long de la route, ainsi il saurait où elle se trouvait. Il allait arriver. Il ne l'avait jamais laissée tomber. Elle avait tellement besoin de croire à son sauvetage que, quand la porte s'ouvrit enfin, elle fut persuadée le temps d'un rêve que son sauveur était là. Une silhouette immense se découpait en contre-jour dans l'ouverture de la porte.

Elle perdit ses illusions quand l'homme parla. Ce n'était pas la voix de son père et les paroles qu'il disait n'avaient rien de rassurant.

— Salut, beauté ! Tu ne peux pas la voir d'ici, mais la lune est presque à son firmament. Elle est pleine aujourd'hui. Tu sais ce que cela signifie ?.

Il laissa un blanc, comme si elle avait eu la possibilité de répondre. Il reprit :

— Non ? Alors je vais te l'expliquer. La lune et moi sommes amants. C'est extraordinaire, n'est-ce pas ? Mais c'est une maîtresse exigeante. Elle me demande des choses… des choses hors du commun.

Il approcha du lit et de Manuela terrorisée. Il se pencha vers elle, approchant son visage si près de la jeune fille qu'elle put sentir son haleine. Elle détourna la tête, essayant d'échapper à l'odeur de vin et de tabac qu'il dégageait. Il l'empoigna par la tresse gauche, tira violemment.

— Tu me regardes quand je te parle ! Ne ferme pas les yeux où je te couds les paupières ouvertes.

Comme elle avait un haut-le-corps, il ajouta :

— Certains éleveurs font cela à des chiots sharpeïs qui ont tellement de peau qu'ils ne peuvent tenir leurs yeux ouverts tout seuls. Aurais-tu moins de courage qu'un chiot ?

À la fin de sa phrase, le ton avait monté pour finir aigu.

Manuela se racrapota sur sa couche en prenant garde de ne pas donner l'impression de fuir son regard. Un tremblement involontaire lui traversa le corps.

— On a froid ?

Elle acquiesça de la tête dans l'espoir insensé qu'il lui rendrait ses vêtements.

— Je vais te réchauffer.

En finissant sa phrase, il alluma enfin la lumière centrale.

Manuela cligna des paupières en prenant conscience de son environnement. Elle était couchée sur un lit minable. Au mur il y avait un miroir et juste en face du lit une caméra posée sur un trépied.

Elle crut qu'elle était tombée sur un pédophile qui la violerait et filmerait leurs ébats. À cet instant, elle voulait encore croire à une chance de s'en sortir. Sa mère lui avait dit : « Ma chérie, si un jour tu as affaire à un violeur, ne résiste pas. Il vaut mieux être violée que morte. »

Elle s'apprêtait à rassembler tout son courage pour affronter l'épreuve quand, comme Annabelle, elle découvrit la vitrine aux scalps. Toute velléité de courage fondit en une fraction de seconde.

Hanwi saisit son regard.

— Penses-tu que tes cheveux soient plus beaux, plus épais, plus longs que ceux-là ?

Comme elle ne réagissait pas, il approcha sa bouche tout près de son oreille, il hurla :

— Réponds quand je te parle !

— Mmm…

— Cela veut-il dire oui, ma belle ? J'ai envie d'entendre le son mélodieux de ta voix. Je vais te libérer de ce bâillon. Surtout, ne vagis pas. J'ai les oreilles extrêmement fragiles. De plus, il faut que tu saches que cela ne servirait à rien. Cette maison est mieux isolée qu'un studio d'enregistrement.

Avec une surprenante délicatesse, il défit le nœud du foulard, libérant la bouche de la jeune fille qui aspira goulûment une bouffée d'air vicié.

— S'il vous plaît. Je… Laissez-moi partir. Mon père vous donnera ce que vous voulez…

Hanwi ricana.

— Ton père n'est pas passé très loin d'ici. Si tu veux, je te montrerai la cassette des enregistrements de surveillance. On le voit très bien lui et ses amis. Il n'a pas eu de chance. Officiellement je suis à Paris, donc la maison est fermée jusqu'aux vacances de la Toussaint. C'est sûrement ce que les voisins lui ont dit. Tu vois… Personne ne viendra te chercher ici.

— Je vous en prie…

— Tu commences à geindre. C'est bien. Je suis certain que tu peux faire beaucoup mieux que cela.

Il alla jusqu'à la vitrine et revint avec un immense couteau de boucher. Manuela eut un mouvement de recul.

Hanwi se pencha ; il se mit à parler dans un murmure :

— Je vais te détacher. Ne cherche pas à fuir. Il n'y a aucune issue que tu puisses trouver seule. Tu te lèveras et tu iras devant le miroir. Là tu déferas tes tresses. Ensuite, je te donnerai une brosse et tu les démêleras. Je veux qu'ils soient parfaits, lisses et brillants sans un nœud.

D'un geste rapide, presque aérien, il trancha les sangles. D'abord les chevilles puis les poignets. Manuela eut l'impression qu'une fourmilière entière se ruait dans ses veines. La reprise de la circulation sanguine était douloureuse. Elle se leva péniblement. La tête lui tournait. Elle dut se rasseoir pour trouver un semblant d'équilibre.

— Allons debout !

— Je…

— Obéis !

— J'ai froid.

— Ne t'inquiète pas pour cela. Fais ce que je t'ai dit.

Manuela se leva et se dirigea vers le miroir en tenant ses mains croisées sur sa poitrine. Dans la famille Lopez, on était très pudique. Il ne serait jamais venu à l'idée de personne de se promener nu vis-à-vis des autres. Cet aspect de la situation la mettait encore plus mal à l'aise.

Arrivée devant le miroir, elle resta coite face à sa propre image.

— Défais tes cheveux !

L'ordre avait claqué sec. Tremblante, la jeune fille dut bien s'exécuter. Son tortionnaire était juste derrière elle, si près qu'elle pouvait sentir son souffle sur la peau de son cou et le froid de l'acier du couteau contre ses reins. Pendant un instant, on n'entendit plus rien que le ronronnement de la caméra qu'Hanwi avait mise en marche au passage.

Très lentement elle se mit à défaire les tresses. Elle voulait fuir. Il devait bien y avoir un moyen. Son esprit tournait à toute vitesse. En l'absence de solution, un gros sanglot lui noua la gorge.

Elle supplia :

— Laissez-moi partir. Je ne dirai rien à personne, je vous le jure ! Je dirai que je me suis perdue, que je suis tombée de mon vélo. Que j'ai perdu connaissance, que je ne me souviens de rien… S'il vous plaît !

L'homme répondit de façon presque inaudible :

— Voyons, ne me prend pas pour un idiot !

D'un geste inattendu, il l'empoigna par le bras, lui fit faire une volte-face et la gifla de toute sa puissance d'homme. Manuela s'écroula sur la pointe du couteau qui lui entama la gorge. Un filet de sang rouge et chaud se mit à couler le long du sillon intermammaire. La jeune fille fit un effort surhumain pour ne pas tomber. La vue de son propre sang achevait de la terroriser. En même temps, ses yeux se posèrent sur le mur du fond. Le dessin de femme découpée lui fit pousser un ultime hurlement.

— Défais tes cheveux !

L'ordre la tira de son évanouissement. Elle était recroquevillée sur le sol, tremblant de tous ses membres sans pouvoir exercer le moindre contrôle sur son corps. Elle ne voyait plus l'homme. Pourtant la porte était ouverte. Un infime espoir lui fit trouver la force de se lever. Il fallait se diriger vers la sortie. À peine debout, elle se prit une brosse à cheveux sur la figure. L'objet était parti d'un recoin plus sombre. C'est le moment qu'Hanwi choisit pour se remontrer.

Un instant, Manuela resta incrédule. Son cerveau embrumé ne comprenait pas. Le personnage qui apparaissait avait de longs cheveux bruns. Son visage était maquillé. Il avait du rouge à lèvres tout autour de la bouche, mis grossièrement, débordant de partout. L'évidence de son anatomie prouvait que c'était un homme dans un état qu'elle n'avait pu qu'imaginer aux cours de bavardages entre filles. Elle poussa un hurlement, comprenant ce qui l'attendait.

— Allons, on va juste s'amuser un peu. Si tu ne veux pas défaire tes cheveux, je le ferai moi-même.

Elle se traîna à ses pieds, le supplia. Hanwi était aux anges. Il sentait la chaleur lui envahir les reins. Il empoigna la jeune fille par les cheveux et l'embrassa à pleine bouche.

Elle sut alors qu'elle commençait un long calvaire. Le rouge à lèvres avait le goût de son propre sang.

Rico n'était pas un trouillard. Pourtant là, devant son impuissance, il avait les tripes complètement nouées. Depuis qu'il avait quitté le camp avec son fils et ses hommes, il n'avait pas pris un instant de répit. Ils avaient commencé par interroger les adolescents afin de savoir qui s'était rendu dans quel coin.

D'après Cornélia, Manuela devait faire Aucey et Sacey. Voilà pour ce qui était des bourgs. Quant aux fermes ou les maisons isolées, chaque adolescent restait dans un rayon raisonnable autour du centre. Mais qu'appelaient-ils raisonnable ? Rico ne s'était jamais posé de question sur la façon de procéder de sa fille. Elle partait avec des paniers, elle revenait avec de l'argent. Si les affaires étaient bonnes, Rico lui accordait parfois quelques pièces et tout le monde était content. Aujourd'hui, Rico aurait bien aimé avoir pensé à établir un itinéraire avec sa fille. Au moins, il aurait su où chercher. Ils avaient été fouiller les bourgs, sonner aux portes, questionner les gens. Certains avaient vu la jeune fille, d'autres pas. Ils arrivèrent à localiser des acheteurs. Rico savait que Manuela partait avec quatre grands paniers, quatre moyens et ensuite des babioles. Il localisa les acheteurs des quatre moyens et de trois grands paniers. La jeune fille avait sûrement cherché à vendre le quatrième. Par où s'était-elle dirigée ?

Un gamin assura qu'il l'avait vue suivre l'Oyon, un ru qui coulait dans la campagne. Celui-ci n'était pas bordé de routes tout au long de son courant. Serait-elle tombée dans l'eau ?

Malgré le nœud qu'il avait au fond du ventre, Rico se surprit à penser qu'il préférait trouver sa fille noyée qu'entre les mains du sadique dont les fermiers lui avaient parlé ce matin.

Il eut honte. Manuela devait être vivante. Le contraire était impossible. Les hommes se séparèrent en deux groupes, un sur chaque rive, et entreprirent de longer l'eau. Après une autre bonne demi-heure de recherche, ils arrivèrent à l'endroit où l'Oyon se jetait dans le Couesnon. Il y avait là un ancien moulin parfaitement restauré. La maison était fermée, volets clos. Rico et Diego firent le tour de la propriété sans trouver signe de vie.

Par acquit de conscience, ils sonnèrent sachant par avance que personne n'habitait ici. C'était de toute évidence une maison de vacances. Il ne vit pas l'œil des caméras.

Dans le lointain, un chien hurla à la mort.

Rico continua. Il ne se voyait pas rentrer bredouille devant Magdalena. Si à la tombée de la nuit il n'avait rien trouvé, il se déciderait à aller à la gendarmerie.

****

Chapitre 20

Après mes cogitations, je m'étais rendue chez l'Anglais dans l'espoir de lui fouiller la mémoire. Il m'avait présenté sa femme qui avait pris un congé sans solde de trois mois. Officiellement, c'était pour faire de gros travaux à « Little Farm », mais elle me glissa à l'oreille, pendant que John se livrait à la sacro-sainte cérémonie du thé, qu'il n'allait pas bien depuis la découverte du cadavre de Cynthia.

— Il fait des cauchemars toutes les nuits, me dit-elle.

Elle n'osait donc pas le laisser seul et avait entrepris de le convaincre d'accepter l'aide proposée par le psychologue de la police, chose qu'il avait refusée jusqu'à présent.

Quand John revint avec le thé, je lui demandai s'il m'autorisait à lui poser quelques questions.

— Je ne vois pas ce que vous pourriez me demander de plus. J'ai déjà répondu à toutes les questions possibles et imaginables. Je pense même que, pendant quelques heures, vos collègues m'ont considéré comme suspect !

— C'est la routine, monsieur Mac Enzie.

— Appelez-moi John, je vous prie. C'est plus convivial ainsi.

— D'accord John. Voilà, je me demande pourquoi le tueur a choisi votre maison plutôt qu'une autre. Je crois qu'il veut que l'on découvre les cadavres. Nelly et Annabelle ne pouvaient pas passer inaperçues. S'il a mis Cynthia ici, il y a forcément une raison. Il était certain qu'elle serait découverte rapidement. Pouvait-il savoir que vous viendriez rapidement ou quelqu'un serait-il susceptible de vous en vouloir assez pour mettre un cadavre dans votre lit ?

— Ce n'était pas encore mon lit. Je vous rappelle que je venais de signer l'acte de vente le vendredi matin. Je n'ai reçu les clés que le lundi matin à huit heures. Je me suis rendu directement du gîte où je logeais, et où l'on m'avait livré les fameuses clés, à la fermette. Je me suis fait la réflexion que mon honnêteté m'avait peut-être sauvé la vie, car j'avais attendu les clés pour me rendre sur place et prendre possession des lieux, alors que la porte était fermée par un simple loquet. D'après la police, votre amie a été installée ici la nuit du dimanche au lundi. Si le notaire m'avait remis les clés le vendredi, j'aurais pu venir pendant le week-end, même dormir. J'aurais pu être là !

— Donc le tueur savait que vous n'y seriez pas mais que vous y viendriez rapidement. Qui vous connaissait assez pour savoir que, tant que vous n'auriez pas reçu les clés, vous ne prendriez pas possession des lieux ?

— Cela peut être n'importe qui. Il suffit de me connaître un peu ou juste ma réputation pour mon goût des choses claires.

— Auriez-vous visité cette maison en compagnie d'autres personnes ?

— Ça oui. En réalité maître Debecq s'arrange afin de grouper les visites. Comme les maisons sont souvent fort éloignées les unes des autres, il travaille par secteur. Si plusieurs personnes sont intéressées, elles ont rendez-vous le même jour à environ une demi-heure d'intervalle. Évidemment, il arrive que l'on croise d'autres visiteurs. L'un traîne un peu, alors qu'un autre arrive à l'avance.

— Avez-vous remarqué l'une ou l'autre personne ?

— Pas particulièrement.

— En général ce sont des couples qui visitent des maisons. Auriez-vous remarqué un homme seul ?

— Hum… Pas vraiment. Regardez, moi j'étais seul lors de la première visite. Ce n'est qu'après que j'ai fait venir ma femme. Je ne suis pas un assassin pour autant.

— John ! Je n'ai pas dit cela. Je vous demande juste si vous auriez remarqué un homme seul, grand, beau, de type latino, aux cheveux très courts, presque ras.

— Non. Je ne vois pas.

C'est le moment que choisit Betty pour intervenir.

— Rappelle-toi, John. La deuxième fois que nous sommes venus ensemble, à la sortie du chemin de terre…

— …

— Mais si, souviens-toi. On a failli se faire emboutir. Le type avait pris son virage très serré. Tu as râlé et tu l'as traité de métèque !

— Oh !

John rougit.

201

— J'étais en colère. Il conduisait en regardant un plan. Il a pris son virage sans un coup d'œil sur ce qui pouvait arriver en face.

— Est-ce son type racial qui a fait jaillir l'injure ?

— Je… Je suppose. Mais je n'en suis pas fier.

— Êtes-vous certain qu'il venait à « Little Farm » ?

— C'est une voie sans issue. Si ce n'est pas ici qu'il venait, cela signifie qu'il s'était trompé de chemin.

— Vous souvenez-vous de la voiture ?

— Hum…

— Une anglaise, dit Betty.

— Une marque anglaise ?

— Non. Une conduite à droite. J'ai même pensé que c'était à cause de cela qu'il avait coupé son virage.

— Couleur, marque ?

— Bleue ou peut-être noire. C'était un SUV de standing. Nissan ou Porsche, à moins que ce soit une japonaise… En réalité, ce sont des impressions. Je n'ai aucune certitude.

J'étais excitée comme une puce. Il me fallait le carnet de rendez-vous du notaire pour identifier cet homme. J'eus beaucoup de mal à finir mon thé en parlant de tout et de rien. Moins de dix minutes plus tard, j'étais dans ma voiture en direction de Saint-James.

Nous étions mercredi soir, dix-huit heures. Il ne me restait pas beaucoup de temps avant la pleine lune.

Quand j'arrivai chez maître Debecq, je trouvai porte close. Sur un panneau de cuivre à l'entrée, je pus lire les heures d'ouverture : *9 h-12 h et 14 h-17 h ou sur rendez-vous.*

À travers les rideaux, je devinai la lumière d'une lampe de banquier et l'éclat bleuté d'un écran d'ordinateur. Sans hésitation, je posai mon doigt sur la sonnette. Non pas un coup, mais en continu. Comme prévu, une présence ne tarda pas à se manifester derrière la porte. Une voix d'homme très mécontente lança :

— C'est fermé. Revenez demain quand la secrétaire sera là.

Là, je me décidai à dépasser mes prérogatives. Il y allait de la vie d'une jeune fille.

— Police ! Il me faut des renseignements immédiatement. Cela peut être une question de vie ou de mort.

La porte s'ouvrit d'un cran, retenue par une chaîne de sécurité.

— Vous avez une pièce d'identité ?

— Bien sûr.

J'espérais que la carte barrée de tricolore marquée du mot « Police » lui suffirait. Je la sortis et lui présentai rapidement. Il était méfiant. Il tendit la main dans un geste sans équivoque. Il voulait la voir de plus près. À regret, je la lui donnai. Je n'avais pas le droit de laisser passer une chance de sauver une future victime. Seulement, je n'avais pas le grade d'enquêteur. Sur la carte, il était spécifié : consultante en psychocriminologie.

— Écoutez-moi une seule minute et je suis certaine que vous voudrez coopérer.

— Vous êtes la psy qui a parlé à la télé ?

— Oui.

— Entrez. Je termine mon rendez-vous. Je suis à vous d'ici cinq minutes.

Il m'introduisit dans une salle d'attente tapissée d'un papier à fleurs qui devait certainement plaire à sa nombreuse clientèle anglaise. Les fauteuils crapauds étaient recouverts de tissu vert pâle qui commençait à se souiller. Sur une table basse faite de pieds en fer forgé noir et d'un plateau en verre, il y avait des revues financières et *L'Express*.

J'entendis le notaire s'excuser auprès de son client et le raccompagner jusqu'à la porte. Je m'apprêtais à me lever, mais il passa devant la porte. Je l'entendis se servir du téléphone. Sa voix me parvenait par bribes :

— Allô ? ... OPJ Jumet, s'il vous plaît... Oui, j'attends. Oui... Bonjour. Maître Debecq à Saint-James. J'ai dans ma salle d'attente une certaine Laura Claes... Oui. Apparemment elle désire enquêter chez moi.

Il y eut un silence puis :

— Bien. Ne quittez pas.

Un pas feutré sur la moquette du couloir et le notaire apparut dans l'entrebâillement de la porte.

— Pouvez-vous me suivre ? J'ai quelqu'un au téléphone qui désire vous parler.

J'allais me faire remonter les bretelles par Jumet. Avec un soupir, je le suivis et pénétrai dans une pièce cossue. La moquette était garnie de tapis précieux, moelleux sous mes pas. Les murs étaient recouverts d'immenses bibliothèques remplies d'ouvrages anciens. Au milieu de la pièce trônait un bureau de ministre croulant sous les papiers. L'ordinateur se trouvait sur un rajout en pin. La seule lumière était celle qui filtrait par les crans des rideaux et le halo de la lampe verte qui se trouvait sur un coin du bureau. Je me saisis du combiné en attente.

— Laura Claes, j'écoute.

— Laura ! Que faites-vous là ?

— Un instant, je vous prie.

Je me tournai vers le notaire :

— Ceci est une conversation d'ordre professionnel. Puis-je vous demander de me laisser seule avec mon supérieur ? Je vous le repasse ensuite.

Le notaire acquiesça malgré son évidente curiosité. J'attendis qu'il eût refermé la porte pour expliquer mon raisonnement à Jumet ainsi que l'idée de Betty Mac Enzie.

— Bien ! Vous avez le feu vert, mais la prochaine fois tenez-moi au courant. Je vous attends à la cellule avec un rapport complet dès que vous aurez terminé. Repassez-moi Debecq.

Il reprit le notaire, qui eut l'air agacé en raccrochant.

— L'éthique veut que je vous consacre du temps, madame. Sachez cependant que tous mes papiers et agendas ont déjà été lus par des policiers qui n'y ont rien trouvé de particulier.

— Si vous le voulez bien, nous allons reprendre l'historique autour de la vente de la fermette Mac Enzie.

Il se dirigea vers une ancienne armoire normande. Quand il en ouvrit les portes, je crus un instant que la masse de dossiers allait dégringoler. Il revint avec un dossier rouge marqué « La croix des daims ».

— Nous avons dans la région beaucoup de résidences secondaires appartenant à des Anglais. Ils achètent, retapent et revendent, souvent d'ailleurs à d'autres Anglais. C'est le cas de la maison qui vous intéresse. Elle appartenait à un couple, M. et Mme Forester, depuis 1985. En 1995, le monsieur est mort à la suite d'un cancer. Sa femme s'est suicidée dans les mois qui ont suivi. Ces gens avaient trois enfants dont deux ne s'entendaient pas. Ceci explique que la succession a pris près de cinq ans. Pendant toutes ces années, la maison ne pouvait être vendue ; personne n'est venu l'entretenir, ce qui explique son état d'abandon. Récemment, j'ai reçu un courrier d'un notaire anglais, stipulant que, sur la vente de la maison, les trois enfants s'étaient mis d'accord, qu'il fallait des liquidités pour régler l'héritage. J'ai donc mis la fermette dans mon panel de maisons à vendre. C'est en définitive M. Mac Enzie qui a fait la meilleure offre aux yeux des propriétaires. Je crois aussi que cela leur a plu de revendre à un autre Anglais. Ainsi, les murs restaient dans la grande famille britannique !

— Je voudrais avoir la liste des gens qui ont visité la maison les mêmes jours que M. et Mme Mac Enzie.

— Cela ne se trouve pas dans ce dossier. Là il n'y a que les choses ayant un caractère sérieux. Vous savez, il y a des gens qui visitent les maisons à vendre comme ils iraient au cinéma ou faire les magasins. On les repère assez vite. Ils donnent un nom qui n'est pas nécessairement le vrai, car ils ont peur d'être relancés. Ces visiteurs nous font perdre du temps, mais dans le doute, n'est-ce pas ? D'ailleurs de temps en temps, il y en a un qui achète.

— Où puis-je alors trouver cette liste ?

— D'après le dossier, je faisais visiter cette ferme le mardi après-midi. Il ne vous reste qu'à reprendre mes agendas à partir de la mise en vente et relever les noms du mardi après-midi. Je vous rappelle que je n'ai pas les coordonnées de tous les visiteurs. Je n'ai que celles de ceux qui ont fait une réelle proposition d'achat.

— Avez-vous remarqué un Anglais ou un homme conduisant une voiture avec une conduite à droite ?

— Vous savez, je ne regarde pas les voitures de chaque client. Ensuite, il n'y a pas que moi qui fais faire les visites.

— Qui d'autre ?

— En temps normal, ma secrétaire peut jouer le rôle d'agent immobilier. Actuellement elle est en congé de maternité. J'ai une remplaçante qui n'a pas vraiment d'expérience. Par contre, du temps de « La croix des daims » elle était encore en activité. Elle est partie juste après la vente.

— Je vais commencer par l'agenda. Si vous pouviez contacter votre secrétaire et lui demander de me recevoir, ce serait très gentil de votre part. Comprenez bien. Si nous arrivons à identifier un de vos visiteurs, nous avons peut-être une chance de sauver une jeune fille.

****

Chapitre 21

J'avais relevé les noms de tous les visiteurs de la maison. Depuis sa mise en vente en décembre dernier, cela représentait quand même 153 personnes à raison de 2 à 5 visiteurs par semaine. J'avais retranscrit tous les noms sur une feuille A4. J'en étais au stade où, armée d'un surligneur, je cochais tout ce qui pouvait avoir une consonance plus ou moins anglaise. J'avais 118 noms français et 35 noms d'origine anglaise.

Le notaire entra, toujours aussi silencieux dans ses déplacements.

— Mme Ferrara, ma secrétaire en titre, veut bien vous recevoir. Elle vous attend dès que vous en aurez terminé. Voici son adresse.

Il me tendit un papier sur lequel je pus lire « Liliane Ferrara, 36, avenue du Général-de-Gaule ». Pas vraiment original.

Je le remerciai et repris mes listes. Si je tenais compte des Anglais ayant visité le même jour que les Mac Enzie, la liste se réduisait à cinq noms : Louise et James Jones ; Sandy et Tom Walker ; Mistress Parker et enfin deux hommes seuls : Bruce Wellington et Adam Saint John.

— Avec un nom pareil, ce doit être un aristocrate !

Quelque chose m'interpellait à la lecture de cette liste, mais je fus incapable de formuler ce que cela pouvait bien être. Mon cerveau attirait mon attention sans me donner de solution. Je savais par expérience qu'il ne servait à rien de me braquer sur une idée. Le mieux était de laisser décanter. Je demandai au notaire si ces noms lui disaient quelque chose.

— Je suis désolé. Rien. Je n'ai visité avec les Mac Enzie que le jour où ils ont fait une proposition, c'est-à-dire lors de leur dernière visite. Or, ce jour-là, d'après vos tableaux, il n'y avait pas d'autres Anglais.

Je le remerciai de son aide et m'apprêtai à partir. Il était près de vingt et une heures. Je devais voir la secrétaire puis rejoindre Jumet à Avranches. Mon portable sonna à cet instant. C'était Jumet.

— C'est la cata. On a une disparition. Une jeune fille de 16 ans. Elle a, paraît-il, une chevelure de rêve. Des cheveux noirs qui lui tombent jusqu'aux reins.

— Nom d'une pipe ! Comment a-t-elle pu se faire avoir malgré tous les avertissements des médias ? Les parents sont inconscients !

— C'est un peu différent. Ce sont des gens du voyage. Ils sont arrivés d'Espagne hier soir. Ils n'étaient apparemment au courant de rien. Ce matin la gamine est montée sur son vélo pour aller vendre des vanneries dans les fermes. Ils ne l'ont pas revue. Elle devait rentrer à midi. Ce n'a pas été le cas. Entre-temps le père avait appris l'histoire du tueur. Il a pris un groupe d'hommes et son fusil. Ils ont cherché tout l'après-midi, décidés à se faire justice en cas de pépin. Si j'osais, je dirais que, malheureusement, ils n'ont rien trouvé. Ni fille, ni vélo, ni le moindre indice.

Elle a été vue en dernier lieu à Aucey, prenant la rive de l'Oyon. C'est sous la pression de la mère que le père s'est enfin décidé à venir nous voir il y a une petite demi-heure.

— On a encore une petite chance. La lune ne sera pleine qu'à vingt-deux heures. Il ne la tuera pas avant.

— On aurait une petite chance si on savait où chercher concrètement. Avez-vous du neuf de votre côté ?

— J'espère que j'en aurai incessamment. Je dois aller voir la personne qui a fait visiter la maison.

Mon cerveau travaillait à toute vitesse en écoutant Jumet. Soudain il me restitua une image qui pouvait me donner un début de piste. Les poèmes ! Les poèmes devant les photos à la mairie étaient signés de trois initiales. Je regardai la liste devant moi. On y était ! L'homme avait un nom.

— Allô ???

Jumet s'inquiétait devant mon silence prolongé.

— Oui, oui. Jc viens de réaliser quelque chose.

— Dites toujours.

— Pouvez-vous me rappeler la signature en bas des poèmes ?

— Euh… Oui. ASJ.

— Adam Saint John.

— Pardon ?

— C'est le nom d'un des visiteurs de la fermette Mac Enzie.

— Vous êtes certaine ?

— Oui. Il a visité le même jour qu'eux en avril : le mardi 18 pour être précise. Écoutez, je fonce chez la secrétaire de maître Debecq. Avec un peu de chance, elle se souviendra de lui. Malheureusement, je n'ai aucunes coordonnées le concernant.

Je sentis Jumet très excité de son côté. Enfin, nous avions des éléments concrets concordants. Il conclut :

— Il n'allait pas laisser son adresse et attendre qu'on vienne le cueillir. De mon côté, je vois ce qu'on a sur ce type. Quitte à secouer Interpol et Scotland Yard réunis. On se tient au courant.

Le notaire tint à m'accompagner chez Liliane Ferrara. Nous arrivâmes un quart d'heure plus tard dans une maison toute neuve qui sentait encore le plâtre humide et le parquet fraîchement verni.

La jeune femme qui nous accueillit avait encore les rondeurs d'une jeune accouchée. Elle devait être jolie en temps normal, mais de larges cernes noirs bordaient ses yeux verts. On la sentait épuisée par les nuits sans sommeil que son chérubin devait lui offrir.

— Je suis désolée de vous recevoir dans cette tenue.

Elle portait une robe de chambre vert pâle qui ne lui arrangeait pas le teint. Elle continua sur un ton d'excuse :

— Cela fait juste huit jours que je suis rentrée de la maternité. Le petit ne fait pas ses nuits, donc je dors chaque fois qu'il le veut bien !

Je compatis, lui assurant que ce n'était qu'un mauvais moment à passer, que j'avais moi-même trois enfants, qu'on survivait à ce genre d'épreuve.

— Venons-en à ce qui nous amène. Nous serons plus vite partis et vous pourrez vous reposer.

— Je vous en prie. Si je peux faire quoi que ce soit pour vous aider dans la capture de ce type, j'en serai très fière.

— Bien. Vous avez fait visiter la fermette « La croix des daims » à des acheteurs potentiels.

— Oui. C'était très mignon, mais il y avait beaucoup de travaux à faire, ce qui a fait fuir beaucoup de monde.

— Vous souvenez-vous d'un visiteur anglais ou d'origine anglaise du nom d'Adam Saint John ?

— Oh !

La jeune femme rougit et lança un coup d'œil inquiet vers l'escalier.

— Je… Non, je ne crois pas.

Son mensonge était tellement évident que maître Debecq intervint :

— Liliane, quoi qu'il se soit passé, il faut nous le dire.

Elle murmura s'assurant que la personne qui se trouvait en haut ne pouvait l'entendre :

— Je ne vais pas gâcher ma vie pour un obsédé. J'ai un mari et un bébé. Je ne veux plus jamais entendre parler de ce type.

Je la regardai plus attentivement puis laissai mon regard errer dans la pièce. Sur la cheminée, une photo de mariage montrait un couple radieux. Le mari jouait avec la chevelure de Liliane. De longs cheveux blonds.

— Il y a longtemps que vous vous êtes fait couper les cheveux ?

Elle parut surprise de ma question, puis rougit de plus belle.

— Environ quatre ou cinq mois.

— Si nous allions dans la cuisine toutes les deux. Je pense qu'il serait bien que nous parlions entre femmes. Maître Debecq tiendra compagnie à votre époux.

— C'est une idée. Je pourrais faire du café.

Nous quittâmes le salon. La cuisine était une pièce claire, aménagée de meubles modernes plastifiés façon marbre pour les plans de travail et rosés pour les meubles. Cela faisait un joli effet. Afin de la mettre en confiance, je commençai par parler de tout et de rien. Au bout de quelques minutes, j'en vins au vif du sujet.

— Racontez-moi ce qui s'est passé. Il y va de la vie d'une jeune fille. Nous ne pourrons la sauver que si nous arrivons à identifier formellement ce salaud.

— Ce jour-là, il y avait eu peu de monde. Deux autres couples en plus des Mac Enzie, puis ce fameux bonhomme. Son nom m'avait frappé. Adam Saint John. Pour moi cela avait un côté « Simon Templar ». Il avait rendez-vous à seize heures. Il a dû arriver avec un bon quart d'heure de retard. Les Mac Enzie avaient traîné un peu et il est arrivé moins de cinq minutes après leur départ.

Je mourais d'envie de la presser de questions mais la psychologue en moi me conseillait fermement de la laisser s'exprimer à son rythme au risque de la bloquer si je la tarabustais trop.

— Quand il est arrivé, avez-vous remarqué quel type de voiture il utilisait ?

— Une Porsche Cayenne bleu foncé. J'en suis certaine, car mes parents ont la même en bordeaux et que j'ignorais qu'elles étaient fabriquées avec la conduite à droite. Cela m'a tiré l'œil. Vu qu'il avait un nom anglais, cela ne m'a pas choqué qu'il ait une conduite à droite. Par contre, je l'ai félicité pour son français impeccable sans la moindre pointe d'accent. Il m'a dit qu'il avait fait ses études à Paris.

— Il n'a pas spécifié lesquelles ?

— Non. Mais je lui ai remarqué des mains très soignées. Ce n'est certainement pas un manuel.

— Pouvez-vous le décrire physiquement ?

— Après ce qu'il m'a fait, croyez-moi, je n'oublierai jamais son visage.

Je jubilai. Enfin un témoin fiable. Qu'avait-elle enduré pour être ainsi marquée ? Je redoutais la suite. Elle reprit :

— Il était très grand, je dirai près d'un mètre quatre-vingt-dix. Moi je ne mesure qu'un mètre soixante-cinq et mon mari un mètre soixante-quinze. Il était bien plus grand que cela. Comment vous dire ? J'avais l'impression d'avoir la personnification de la nuit en face de moi. Il avait les cheveux noirs, les yeux noirs, le regard impénétrable. Sa peau n'était pas noire mais bien foncée quand même. Vu son nom j'ai pensé à un ressortissant du Commonwealth. Il avait un sourire à la fois mystérieux et sympathique. Ses dents parfaites et très blanches ressortaient dans son visage. Il dégageait une sorte d'aura. Sans être vraiment beau, il avait un charme fou. J'étais subjuguée. Pour rompre cette ambiance bizarre, je lui ai proposé de visiter la ferme, ce qu'il a accepté. Au début, son comportement était parfaitement normal. J'arrivais même à oublier mon impression de malaise. Puis nous sommes arrivés dans la chambre. C'est là que tout a basculé.

Elle éprouva le besoin d'un verre d'eau avant de continuer.

— À l'époque, j'avais un chignon. Si vous avez vu la maison, vous savez qu'elle est très étroite. Quand je suis passée à côté de lui dans la chambre, il m'a collée contre le mur. Il était tellement contre moi que je ne pouvais ignorer son érection. Je me suis débattue, mais il m'a giflée. Ensuite, il m'a enlevé toutes mes épingles, jusqu'à ce que mes cheveux se défassent complètement. J'ai eu beaucoup de chance. Un autre couple avait appelé le bureau et maître Debecq les avait envoyés directement puisqu'il savait que j'étais là. Ces gens sont arrivés en klaxonnant. Dès qu'il a eu conscience de la présence d'autres personnes, il est parti sans demander son reste. Il est monté dans sa voiture. Je ne l'ai jamais revu.

Elle reprit son souffle. Elle prépara un plateau avec des tasses, le sucre et le lait.

— J'étais à quatre mois de grossesse, cela ne se voyait pas encore. Le soir, j'ai eu des contractions et j'ai perdu du sang. Je crois que c'est la peur qui m'avait déclenché ce problème. Je suis restée à la clinique une semaine, puis le gynéco m'a mis en arrêt. Il ne voulait prendre aucun risque. Quand je suis sortie, je suis allée chez le coiffeur : j'ai fait couper mes cheveux. J'étais persuadée que c'était la seule façon de ne pas revoir ce type.

— Pourquoi n'en avoir parlé à personne ?

— J'étais jeune mariée et enceinte. Mon mari est assez jaloux. Je ne voulais pas mettre de tension entre nous. Pour finir, il ne s'était rien passé de concret. J'aurais voulu que je n'aurais pas pu porter plainte. Il ne m'a pas violée.

— Il vous a quand même giflée ! Il y a aussi une notion de viol moral et psychologique.

— C'était inutile. Je savais que la plainte serait classée sans suite. Je ne voulais pas me gâcher l'existence. Je ne savais rien de lui. Juste un nom qui peut très bien être faux.

— Vous n'avez pas tiqué quand vous avez entendu parler du scalpeur fou ?

— J'y ai pensé, mais encore une fois que vouliez-vous que je fasse ?

— Nous ne sommes pas obligés de rendre public ce qu'il vous a fait. Mais voilà. Vous êtes la seule à l'avoir vu de près. Seriez-vous d'accord pour que des dessinateurs spécialisés viennent vous voir ? On pourrait ébaucher un portrait-robot.

— Bien entendu. Croyez-moi ou non, je ne suis pas fière. Seulement personne n'aurait recollé les morceaux de mon existence si cette histoire avait été étalée au grand jour. J'espère que vous l'aurez. À chaque nouvelle victime, je me sens coupable et je fais un peu plus l'autruche.

— Rien ni personne ne changera ce qui est arrivé. Il faut agir maintenant. Une autre jeune fille a disparu. Nous disposons de moins de deux heures pour lui sauver la vie. Je peux téléphoner ?

****

Chapitre 22

J'avais rappelé Jumet qui avait envoyé immédiate-ment deux portraitistes. J'avais dit au mari de Liliane qu'elle se souvenait de l'homme à cause de sa voiture, ce qui n'était pas complètement faux.

Bricart s'occupait du fichier des cartes grises et de celui des voitures volées. On ne savait pas si l'im-matriculation était française ou anglaise, mais le fait d'en connaître la marque était un atout précieux. Les dessinateurs arrivèrent moins d'une heure plus tard, ce qui était une performance technique, mais qui nous rapprochait inexorablement de l'heure présumée du prochain crime. Nous manquions désespérément de temps. Je ne voyais pas comment nous pourrions faire accélérer le processus d'identification. Il fallait un minimum de temps à Liliane pour exprimer ses sou-venirs afin que les hommes puissent restituer concrète-ment les traits du meurtrier.

Bricart m'appela à vingt et une heures trente :

— Adam Saint John est un vieux monsieur de 75 ans. On lui a volé sa voiture contenant ses papiers, en novembre dernier lors d'un séjour au Mont-Saint-Michel. Il a laissé le véhicule sur le parking au pied du monument. Quand il est revenu, tout avait disparu. Il s'agit effectivement d'une Porsche Cayenne bleu nuit, immatriculée dans le Devon. Ses plaques ont été retrouvées à Paris sur une voiture volée abandonnée en banlieue, qui n'a rien à voir avec une Cayenne. Attendez… C'était une Nissan.

— Rien sur le propriétaire de la Nissan ?

— Un brave type, rien à lui reprocher. Il s'est fait voler sa voiture, c'est tout.

— C'était trop beau. On aurait eu qu'à le cueillir.

— Tous nos espoirs immédiats se portent sur le portrait-robot. Dès qu'il est terminé, vous rappliquez.

— OK.

Je jetai un œil par la fenêtre. La nuit était tombée. Il faisait beau, le ciel était clair. Des myriades d'étoiles entouraient la lune pleine qui éclairait le jardin. Une crampe d'angoisse me tordit le ventre. D'ici quelques minutes, la jeune fille disparue allait mourir. Je n'avais aucun moyen de l'en empêcher.

Il n'était pas loin de minuit quand j'arrivai à la cellule de crise. C'était une vraie ruche. Chacun travaillait activement dans son coin. Bricart et Jumet étaient assis à un bureau en compagnie de différents experts.

— Quelqu'un parmi vous reconnaît-il cet homme ?

C'était le préfet en personne qui avait posé la question. Il avait demandé à être tenu au courant heure par heure. Il était venu au PC dès qu'il avait su qu'un portrait-robot était en cours d'élaboration.

Le papier à dessin légèrement granuleux montrait un homme au teint basané, aux cheveux courts presque ras. Il avait les pommettes hautes et le nez fort, légèrement camus. Un deuxième croquis vu de profil évoquait irrésistiblement un oiseau de proie. L'expression restituée était celle d'un homme sûr de lui, au sourire enjôleur. Certainement un séducteur, même s'il n'était pas vraiment beau. Les yeux d'un noir profond, très légèrement bridés, avaient un éclat qui mélangeait paradoxalement attirance et répulsion. On le sentait dangereux, mais malgré tout on était fasciné. Il était difficile de détourner le regard, alors qu'il ne s'agissait que d'un dessin. Cela me laissait imaginer l'impact que pouvaient avoir de tels yeux sur une jeune femme. Une note accompagnait le dessin disant que l'homme était soigné et parfumé avec une fragrance entêtante. Dès le lendemain, un échantillonnage de produits de beauté et de parfums « homme » serait soumis à Liliane Ferrara qui pensait être capable de reconnaître ce qu'elle avait senti cinq mois auparavant.

En regardant le dessin plus attentivement, je me fis la réflexion qu'il devait y avoir là un mélange inhabituel de races. Par la taille et l'aspect général, on avait affaire à un individu de type caucasien. Le visage n'en avait cependant que de rares traits. Il m'évoquait des images de mon enfance. J'avais déjà vu ce type de personnage.

— On dirait un chef indien ! lança un dessinateur.

Il se leva et alla compléter la silhouette grandeur réelle. Cela nous fit un choc. Nous avions l'impression qu'il allait se mettre en marche. Il alla ensuite chercher un papier-calque, l'appliqua devant le premier dessin, ajouta une coiffe et des vêtements typiques des Indiens d'Amérique du Nord.

— Cela lui va bien ! Ça, plus sa manie de scalper les gens, cela aurait tendance à confirmer certains soupçons quant à ses origines.

C'était Bricart qui venait de parler. Jumet renchérit :

— Je veux ce portrait dans tous les journaux dès demain matin. Sans les plumes bien entendu ! Si ce type a été vu par ici, il y a bien quelqu'un qui va le reconnaître.

Il finissait à peine sa phrase qu'un enquêteur appelait les journaux. Il discuta longtemps au téléphone. D'où nous étions, je le voyais faire de grands gestes et s'énerver à qui mieux mieux. Quand il raccrocha, il était rouge de colère.

— Désolé, patron ! J'ai fait ce que j'ai pu, mais les rotatives sont lancées. Pour l'édition de demain (il regarda sa montre, rectifia), ou plutôt celle de ce matin, c'est râpé. Il aurait fallu donner les instructions avant minuit. Les journaux qui ont une édition du soir, uniquement les nationaux, publieront, sinon ce sera vendredi.

— Bon, c'est mieux que rien. De toute façon il tient sa victime. S'il la tue cette nuit, il se tiendra tranquille jusqu'à la prochaine pleine lune. Appelez les chaînes de télé. Le portrait-robot peut aussi être diffusé à l'antenne.

— OK, patron. Je m'en occupe.

Bricart enchaîna :

— Bien. Parlons un peu de cette fille. Résumons : elle a 16 ans, des cheveux extrêmement longs de couleur noire. On dirait que notre homme a l'intention de se monter toute une collection de postiches. Les cheveux doivent être longs et de couleurs différentes à chaque fois.

Il sortit une photo où l'on voyait l'adolescente de plain-pied, les cheveux défaits, en train de danser en costume folklorique espagnol.

— Manuela Anita Lopez, un mètre soixante-deux pour cinquante kilos. Plutôt jolie. Malgré ses 16 ans, encore ignorante des choses de la vie. Famille très catholique. La fille doit se marier vierge. Ce qu'elle sait du sexe, elle l'a appris à l'école ou dans les livres. Elle n'avait pas d'après ses copines d'attitude provocante avec les hommes. Au contraire. Elle avait bien trop peur de se faire engueuler par son père Rico ou son frère Diego. Au moment de sa disparition, elle était à vélo. Elle portait un jean et un T-shirt. Elle passait de ferme en ferme vendre des vanneries. Elle a été vue en dernier lieu à Aucey. Elle suivait la rive de l'Oyon. Le père a refait le trajet sans trouver trace de sa fille. Dès demain, des plongeurs dragueront la rivière. Il y a un risque infime qu'elle soit tombée et se soit noyée dans la rivière. Si c'était le cas, il est vraisemblable que le vélo aurait été retrouvé. Or, elle s'est littéralement volatilisée. Il était onze heures trente quand elle est passée chez sa dernière cliente. La dame lui a acheté un panier. Il en restait un qu'elle espérait bien vendre avant midi. Elle désirait rentrer au bercail avec une bonne recette pour faire plaisir à sa mère. C'est en tout cas ce qu'elle a dit en prenant la direction de l'Oyon. Sur la rivière il y a plusieurs maisons de vacances vides en cette saison. Les maisons habitées ont été visitées, personne n'a vu la gamine. On s'occupe des maisons vides. Contact avec les propriétaires, etc. Extérieurement, elles ont l'air vides, aucun signe de vie, mais on ne sait jamais. Il faut qu'on les fouille les unes après les autres. Il y a deux possibilités : soit elle a sonné a une porte et s'est fait kidnapper, soit elle a été embarquée dans une voiture ou une camionnette à cause du vélo. Il n'y a évidemment aucun témoin. Bien. Vu que pour l'instant nous n'avons rien de concret, je vous propose de prendre trois ou quatre heures de sommeil. La journée de demain risque d'être difficile. On ne peut pas sortir les gens de leur lit au milieu de la nuit pour fouiller leur maison sans présomptions particulières. Quant aux absents, ce sera encore plus difficile. Les recherches commenceront dès l'aube. J'ai demandé une équipe cynophile. Rendez-vous ici demain matin à six heures trente. Malgré les circonstances, je vous souhaite une bonne nuit.

Jumet se tourna vers moi :

— Je peux vous voir une minute ?

— Bien entendu.

— Bien joué. Sans vous, personne n'aurait pensé à Liliane Ferrara.

— C'est un coup de bol. Betty Mac Enzie n'avait jamais été interrogée puisqu'elle n'était pas là au moment des faits. Quant à John, il avait oublié l'incident de la voiture.

— N'empêche. Sans votre entêtement on passait à côté d'informations capitales. Demain vous travaillerez avec l'équipe des maisons vides. Je ne veux pas que vous alliez sur le terrain tant que l'on ne sait pas où l'on met les pieds. Allez donc vous reposer.

— Encore une question…

— Oui ?

— Manuela ?

— Vous savez aussi bien que moi qu'elle n'a quasiment aucune chance.

****

Hanwi était épuisé. Il s'était donné à fond. Dans la cave-abri, il avait profité de Manuela jusqu'à ce qu'elle ne réagisse plus. Il regrettait un peu de n'avoir pas pu sortir dans le bois derrière le moulin. Il aurait voulu faire une offrande face à face avec la lune resplendissante. Il craignait toujours un promeneur nocturne. Pour compenser, il avait dessiné sur le mur près du portrait de la psy une énorme lune rouge avec le sang de Manuela. Afin de se purifier des mauvais esprits véhiculés par la tendre chair de la jeune fille, il avait bu son sang. Il s'était senti invincible quand dans un dernier souffle elle l'avait encore supplié de l'achever. Cela avait été un geste de grande bonté de sa part d'avoir bien voulu lui trancher la carotide pour limiter ses souffrances corporelles. Le dernier souffle de la jeune fille lui avait donné de nouvelles envies sexuelles. Il les avait assouvies de la main arrosant le corps de son sperme sans se soucier de savoir si cela aurait des conséquences ou pas. Il était décidé : il s'occuperait de la psy dès le lendemain. La lune serait encore bien pleine, elle lui serait reconnaissante de cette deuxième orgie. Ensuite, il rejoindrait Paris et filerait en Amérique. Il allait retrouver son père. Lui, Hanwi, fils incestueux de la blonde lune, allait faire payer à son géniteur terrestre les larmes de Sandrine. Il emporterait les scalps. Chaque nuit, il envahirait le tipi d'Ours Sauvage. Le vieil Indien verrait danser des femmes aux longs cheveux jusqu'au jour de pleine lune où Hanwi revêtirait la perruque blonde de Nelly. Ours Sauvage ne pourrait manquer de voir dans ses cauchemars l'esprit de la belle doctoresse qui avait été sa femme et la mère de son enfant. Il avait répudié un ange et la chair de sa chair. Il était grand temps qu'Hanwi venge l'attitude irresponsable d'un alcoolique qui avait provoqué la fuite de Sandrine avec son bébé. Indirectement il était responsable de la mort de la jeune femme. S'il avait su l'aimer, elle serait restée à la réserve. Elle aurait élevé son fils dans les traditions et ils auraient vécu heureux. Ours Sauvage avait été irresponsable. Il était grand temps de lui faire payer son geste.

Hanwi alla chercher son couteau. Méticuleusement, il préleva le scalp de Manuela. Quand il eut fini, il poussa un cri de victoire. Il se rendit dans les souterrains voisins où passait la rivière pour tanner la peau. Quand la majeure partie des chairs et du sang eurent disparu, il revint dans la pièce. Il enfila la perruque encore chaude, puis il entra en transe devant l'image maternelle. Juste avant l'aube, il revint à lui. Il fallait rendre le corps présentable pour l'exhiber de façon percutante. Il avait son idée. En attendant, il avait du ménage à faire avant de s'occuper de Laura Claes.

****

Chapitre 23

Je n'arrivais pas à dormir. Mon mari était de service et, vu qu'il était deux heures passées, je ne me voyais pas lui téléphoner pour chercher un réconfort. Dès l'aube, il pouvait être appelé en vol. Il avait donc besoin de son temps de sommeil. Au vu des événements, j'avais envoyé ma fille dormir chez sa copine. Elle avait emmené la petite yorkie afin de lui éviter de longues heures de solitude. J'étais désespérément seule dans ma maison aussi seule que moi au milieu d'une campagne déserte. Ma compagnie se limitait au browning GP35 que, pour rien au monde, je n'aurais laissé dans un tiroir hors de portée de main.

Le cri d'une chouette en quête d'un mulot ou d'une musaraigne déchira la nuit. Je sursautai sous la couette. J'étais fatiguée, mais le sommeil fuyait obstinément. Mon cerveau tournait en surmultiplié : j'avais hâte que les chiffres rouges du radio-réveil indiquent cinq heures, pour me lever et retourner faire quelque chose de concret à la cellule de crise. Dès que je fermais les yeux, le visage du portrait-robot se matérialisait. Les yeux me fascinaient. Ils étaient, suivant mes phases de conscience ou d'inconscience proche du sommeil, charmeurs, souriants ou glacials, prometteurs des pires tortures.

Manuela. Je prononçai son nom à haute voix. Sur quel type de monstre étais-tu tombée ? Le scénario était facile à imaginer. Je ne croyais pas à l'enlèvement en voiture. Le tueur n'était pas équipé pour transporter un vélo. Il ne possédait pas de break. Dans sa Porsche, il n'aurait pu embarquer le vélo. Le risque de se faire surprendre était bien trop grand. Non. En cas d'enlèvement le long d'une route, on aurait retrouvé la bicyclette abandonnée parmi les broussailles d'un fossé. Ce n'était pas le cas. La malheureuse gamine s'était jetée toute seule dans la gueule du loup. Pendant sa tournée de vente, elle avait certainement sonné à la porte de celui qui se faisait appeler Adam Saint John. L'homme ne pouvait manquer une occasion pareille qui plus est le jour de la pleine lune. Pourquoi le mal a-t-il de la chance alors que nous nous débattions sans succès pour arrêter les massacres ? Que lui avait-il dit pour la faire entrer ? Manuela voulait vendre. C'était facile. Il lui suffisait de lui dire de rentrer le temps d'aller chercher de l'argent, par exemple. Une fois dans la place, cela ne présentait aucune difficulté pour un homme grand et fort de maîtriser une frêle jeune fille. Il avait peut-être joué de ses yeux charmeurs. Elle devait par ses origines aimer les beaux ténébreux.

Je l'imaginais sans peine suivre sans aucune arrière-pensée un homme qu'elle devait trouver séduisant. Jusqu'au moment où le piège se referme. Je me sentais envahie par Manuela. Je ressentais son épouvante quand elle réalisa qu'elle était prisonnière. Je perçus sa pudeur voler en éclat quand il l'avait déshabillée et promené son regard de sadique sur le corps juvénile.

Elle était terrorisée et il aimait ça. Elle pleurait. Plus elle suppliait, plus il avait du plaisir. Il était en transe. Il la brutalisait, la violait, certain de réaliser ce pour quoi il était sur terre. Il faisait une offrande à ce qu'il aimait : la lune, sa mère ou les deux confondues ?

Je rejetai la couette, trempée de sueur, et me précipitai aux toilettes vomir un repas que je n'avais pas avalé. Pliée en deux par les nausées, je décidai qu'il valait mieux avaler un Vogalène et dormir quelques heures. Imaginer. Me noyer dans la peur de Manuela, me perdre dans l'esprit tortueux du tueur. Je n'arrivais pas à déconnecter. Un flash me traversa l'esprit. L'escalade criminelle. Pourquoi aurait-il brisé la courbe ascendante de l'escalade criminelle alors que jusqu'à présent il s'y était collé, volontairement ou non. Il était un excellent sujet pour les criminologues. Un tueur narcissique, sexuel et organisé. Un cas d'école ou presque. Pourtant, pendant l'action, il laissait ses fantasmes prendre le dessus. Il se déchaîne, frappe, viole, sodomise. Il utilise des instruments divers et variés pour tuer ses victimes. Il leur fait de plus en plus peur, de plus en plus mal. Les dégradations *post mortem* prouvent la colère. À qui en veut-il ainsi ? À une mère qui l'a abandonné ?

Si j'appliquais la suite logique de l'évolution théorique des *serial killers*, nous allions au devant d'horreurs encore pires que celles que nous avions découvertes jusque-là. Avec Annabelle, il avait étrenné les mutilations. Allait-il passer à l'anthropophagie ?

Il signe en scalpant ses victimes puis revient à son caractère organisé : il les lave. Le sang trouvé auprès des cadavres a coulé des blessures après leur pose.

Il dispose donc d'un lieu où il peut les laver : une salle de bains, un lavoir… ou une rivière ?

Je me levai et allai ouvrir la fenêtre. L'Oyon coulait moins de cinq cents mètres plus bas. Dans le silence de la nuit, j'entendais le tumulte des eaux gonflées par les pluies récentes.

Où voulait-il en venir en disposant les corps comme il le faisait ? En général, les tueurs planquent les corps ou tentent de les faire disparaître en faisant preuve de beaucoup d'imagination. Cela allait du bain d'acide aux parcs de crabes. Ils s'arrangeaient en général pour que le cadavre soit impossible à identifier, ce qui retarde l'enquête donc d'éventuels soupçons. Dans ce cas-ci c'était tout le contraire. Il y avait une notion de mise en scène, au risque de laisser des indices, ce qui était d'ailleurs le cas. Il désirait donc faire passer un message. Il avait une revanche à prendre et voulait qu'on le sache. Il était le plus fort, capable de battre et de narguer la société. Quant à la dimension fétichiste du scalp, elle n'était plus à démontrer.

J'écoutais toujours couler l'Oyon. Le bruit de la rivière finit par me bercer. Dès l'aube, je demanderais une perquisition étendue à toutes les maisons ayant un accès direct à la rivière. Il était près de quatre heures quand je m'endormis enfin. C'est à ce moment précis que le téléphone sonna.

****

Hanwi était content de son idée. Le cadavre de Manuela avait été chargé dans la voiture en passant par le souterrain. Il allait faire la plus belle mise en scène de sa carrière. Un passage rapide par Internet lui avait fourni sans difficulté l'adresse de la psy. Depuis un portable qu'il avait volé peu de temps auparavant, il avait appelé le PC dont un numéro vert avait été communiqué par voie de presse. Il avait demandé Laura Claes. On lui avait répondu qu'elle ne travaillait pas de nuit. Il devait s'assurer qu'elle était seule chez elle. Ou alors il lui faudrait prévoir de quoi supprimer le mari, peut-être même des enfants. Il forma le numéro de la psy. Au bout de quatre sonneries, elle décrocha d'une voix pâteuse :

— Oui ?

— Je voudrais parler à M. Claes. C'est urgent et professionnel.

Il avait déguisé sa voix : elle était beaucoup plus grave qu'à l'accoutumée.

— Il est sur base.

Ayant eu son renseignement, il fit quelques civilités, histoire de paraître ennuyé de l'avoir dérangée et surtout qu'elle ne s'inquiète pas outre mesure. Il voulait la cueillir dans son sommeil. Il prépara quelques outils indispensables à son plan, puis il enfila une combinaison de travail comme en portent les agriculteurs sauf que celle-ci avait été teinte en noir. Il s'assura que la maison ne laissait filtrer aucun signe pouvant trahir une présence, sortit par son souterrain et gagna la voiture. Il passa par des chemins si étroits que la carrosserie fut rayée par les branches d'arbres. Il ne voulait pas prendre le risque de rencontrer une voiture de flics en empruntant une nationale.

Il mit un quart d'heure pour arriver en vue de la maison de la psy. Le bâtiment principal était entouré de granges inutilisées. Il profita de la pente, se mit en roue libre et vint se garer tout en douceur à l'abri des vieux murs. Un chat miaula avec rage quand il sortit de la voiture. Il jeta un œil vers les fenêtres. Pas de lumière. Tout le monde dormait là-dedans. Il arma son pistolet Ruger 22 long rifle équipé d'un modérateur de son, communément appelé silencieux, tirant de la munition subsonique à tête creuse. Contre son mollet droit, un étui en cuir contenait un couteau assez aiguisé pour trancher un poignet d'un seul geste. Dans sa poche, il avait suffisamment de tampons imbibés de chloroforme pour anéantir au moins trois personnes. Il sortit également le jeu de clés qui lui permettait d'ouvrir n'importe quelle serrure ainsi que des boulettes de viande au cyanure au cas où il y aurait des chiens. Il se prépara mentalement et commença à avancer silencieusement sur les gravillons de l'allée qui menait à la porte principale. Pour ce genre d'expédition, il aurait aimé pouvoir venir en repérage. Malheureusement, il ne disposait plus de beaucoup de temps. Cette foutue psy l'avait trop bien décrit. La secrétaire qu'il avait eu la connerie de laisser en vie pouvait se souvenir de lui. Si un portrait ressemblant venait à circuler, les commerçants du bourg arriveraient bien à se souvenir de lui. Il allait devoir filer. Quelque part, il n'était pas mécontent. Il allait régler ses affaires aux États-Unis. Après, il pourrait s'installer en Floride où les vieilles riches ne demandaient qu'à se faire lifter. Il gagnerait une fortune sans effort et, s'il avait un fantasme, il pourrait toujours se satisfaire.

Il revint à des préoccupations plus immédiates. Les fenêtres étaient protégées par des volets. Paradoxalement, la porte faite de bois banal, garnie de petits carreaux non blindés, ne présentait aucune difficulté à ouvrir. Il resta un moment à écouter. Rien. Pas un bruit.

Ni grognement ni respiration. Il engagea le passe adéquat dans la serrure, tous les sens en éveil. Il n'avait repéré aucun système d'alarme, ce qui ne voulait pas dire qu'il n'y en avait pas. Il était prêt à déguerpir à la moindre alerte, mais il ne se passa rien. En moins d'une minute, il était à l'intérieur.

Rien ne bougeait. Il se trouvait au rez-de-chaussée d'une ancienne fermette. Devant lui une table et six chaises, au fond une cuisine équipée. À droite un salon, au fond de la pièce, l'escalier qui menait au premier étage, sans doute vers les chambres, son but. Il resta figé près de l'entrée pendant cinq bonnes minutes, humant l'air, s'imprégnant des odeurs et des bruits de la maison. Les bois craquaient. Il devait y avoir plusieurs jours que la cuisine n'avait pas été faite, car aucune odeur de cuisson ne régnait dans la pièce. Comme un chien de chasse flairant ses congénères, il leva la tête et huma l'atmosphère à la recherche d'effluves canins. Il se raidit un peu. Au moins un chien vivait ici. Mais pas un chien de garde, un petit qui sentait le shampoing cher et le démêlant à l'huile de vison. Pourtant, aucun grognement ne lui parvenait. Il émit un sifflement si ténu que seul un canidé eût pu le percevoir. Toujours rien. Encore un coup de chance : l'animal était certainement absent ou il n'aurait pas manqué de réagir à ce truc fait pour repérer les loups dans les plaines du Grand Nord. On les appelle, ils répondent. Il glissa silencieusement au pied de l'escalier et écouta encore. Seule une respiration régulière lui parvint. Pas de ronflements. Le mari était bien absent. L'escalier lui posa un problème. Du vieux bois qui craquait déjà de par sa propre vie. S'il posait un pied là-dessus, cela ferait un boucan d'enfer qui ne manquerait pas de réveiller Laura Claes. Il n'y avait pas moyen de faire autrement. Il se décida pour la rapidité. Il déposa tout ce qui lui était inutile, prépara les cotons au chloroforme et attaqua l'escalier le long du mur, là où il avait le plus de chances de rester plus ou moins silencieux. Il escalada les marches deux par deux. Malgré ses efforts, il y eut des craquements sinistres. Il arriva sur un tout petit palier. Une porte à gauche, ouverte sur une chambre d'adolescente vide. Ses yeux de nyctalope voyaient comme ceux d'un chat en pleine nuit. La psy était donc seule. Il eut un sourire carnassier satisfait. La porte qui se trouvait à droite était entrouverte sur la chambre principale. C'est de là que venait la respiration qui n'avait pas été perturbée par le bruit qu'il avait fait. Il prit un tampon de la main gauche et de la main droite poussa le battant…

****

Après le coup de fil, j'avais eu du mal à me rendormir. En réalité, je faisais ce que mon mari appelait le yo-yo : un coup je dors, un coup je ne dors pas. Quand les roues d'une voiture crissèrent sur mon gravier, cela suffit à mettre tous mes sens en éveil. Je ne fis qu'un bond dans mon lit en empoignant mon browning. J'enlevai la sécurité et armai la culasse engageant ainsi une balle dans le canon.

Je perçus très nettement l'ouverture de ma porte. Curieusement, je me sentais très calme. L'ennemi était là. J'allais l'affronter et si possible le tuer. Pour Cynthia. Je m'appliquai à avoir une respiration profonde et régulière, espérant tromper mon agresseur. S'il croyait que je dormais profondément, il serait moins sur ses gardes. Les craquements familiers de l'escalier me confirmèrent que l'instant de la confrontation était proche. D'ici quelques secondes, il ouvrirait ma porte. C'était l'instant où il fallait tirer, surtout ne pas le manquer.

Un silence pesant s'installa dans le couloir. Il devait prendre ses repères. Malgré moi, un frisson me traversa, me glaçant de la tête aux pieds. La mort était devant moi, sous la forme d'une ombre chinoise se découpant dans le rectangle plus clair de la porte. J'appuyai sur la queue de détente, provoquant un vacarme assourdissant dans l'espace clos de la chambre. Mon poignet encaissa le recul. Je m'apprêtais à doubler mon tir quand, poussant un rugissement inhumain, l'homme se jeta en avant au lieu de s'écrouler sur place. Je tirai un second coup de feu au jugé, juste avant de respirer une odeur désagréable. Le chloroforme m'envahit les poumons. Je perdis connaissance.

****

Chapitre 24

La feuille était accrochée à la porte de Laura Claes par une punaise. Jumet l'aperçut dès qu'il braqua pour entrer dans la propriété. C'est vers sept heures du matin qu'il avait commencé à se poser des questions. La jeune femme était habituellement ponctuelle. Le rendez-vous avait été fixé à six heures trente. Comme tout un chacun, Laura pouvait avoir un peu de retard, mais au vu des circonstances Jumet préférait s'assurer que tout allait bien. Il avait appelé le standard afin d'être mis en communication avec la psychologue. Son domicile ne répondait pas, son portable non plus. Jumet et Bricart n'avaient pas été longs à se concerter.

— On fonce chez elle.

Ils avaient fait les vingt-cinq kilomètres entre Avranches et Aucey en moins d'un quart d'heure. Ils se trouvaient maintenant devant cette porte banale sur laquelle se trouvait punaisé un poème. Ils lurent :

« Plus noirs que le jais, j'ai dessiné tes cheveux sur mon chevalet... »

— Le salaud ! Il parle de la petite Lopez. La serrure a été forcée. Il est venu dans cette maison. Prêt, Bricart ? On entre.

Le gendarme fit un signe d'accord. Ils sortirent leurs armes de service : des Sig Sauer. Se couvrant mutuellement, ils ouvrirent la porte sans difficulté et pénétrèrent à l'intérieur de la maison. Tout était parfaitement silencieux. Ils écoutèrent un moment, cherchant à percevoir le moindre signe de vie.

— Je n'aime pas ça, pensa Jumet en faisant signe de monter à l'étage.

Bricart approuva d'un signe de tête tout en se lançant dans l'escalier étroit. Dès qu'il atteignit le palier, Jumet le rejoignit en trois bonds. La porte de la chambre de gauche était ouverte, laissant deviner à travers la pénombre un lit vide. À droite, la porte était fermée. Ils échangèrent un coup d'œil de connivence : du pied, ils poussèrent la porte. Ils n'eurent pas besoin d'aller plus loin. La silhouette qui gisait sur le lit ne donnait plus signe de vie.

Une fois de plus, le meurtrier n'avait pas fait dans la dentelle. Le corps était nu, tailladé d'au moins une dizaine de coups de couteau. Curieusement, ils ne semblaient pas portés au hasard. Ils étaient répartis de façon quasi chirurgicale. Manuela Lopez avait les yeux fermés et son scalp avait disparu. Ce qui était nouveau dans la pose du corps, c'était que rien ne dissimulait l'os du crâne qui brillait doucement dans la lumière du soleil, qui entrait par les fentes des volets.

Malgré l'état du corps, les deux hommes poussèrent un soupir de soulagement temporaire : ce n'était pas Laura.

Le pied de Bricart se posa sur un étui de 7,65. Il recula précipitamment.

— C'est certainement à Laura. J'appelle les techniciens et le légiste. En les attendant, on fouille les bâtiments annexes.

Ils se partagèrent la tâche. La 206 de Laura était à sa place au garage, moteur froid. Il n'y avait rien de visible ailleurs. Les techniciens de la police scientifique passeraient tout au crible.

Jumet exprima à haute voix ce que tous les deux pensaient :

— Il a Laura.

— Elle n'a pas les cheveux longs…

— Non, mais elle l'a décrit lors de cette foutue interview télévisée. Et encore, il ne sait pas que l'on a son portrait-robot.

— Il faut prévenir son mari.

— Je m'en occupe. Appelle les télécoms. Je veux savoir tout ce qu'elle a reçu ou envoyé comme coups de fil ou fax. Dès que les équipes arrivent, tu envoies des hommes visiter les fermes les plus proches. On ne sait jamais, ils ont peut-être vu quelque chose. Il fait jour. On a une toute petite chance. Il a toujours tué à la lune. Il ne lui fera peut-être rien d'irrémédiable avant ce soir vingt-deux heures.

Moins d'une demi-heure plus tard, les équipes étaient au travail. Au vu des circonstances, le mari de Laura avait eu l'autorisation de sa hiérarchie d'utiliser l'Alouette afin d'effectuer des recherches. L'hélico était arrivé sur zone, avait embarqué un gendarme et un policier. Depuis, il ratissait chaque recoin de la campagne à la recherche d'un indice quelconque. Pour le mari de la psychologue, tout valait mieux que l'inaction.

Lambert était arrivé avec l'ambulance. Il faisait franchement la tête.

— Où est-elle ?

— Là-haut. Toubib, il faut que je vous dise. Il a déposé le corps de Manuela Lopez, mais il a enlevé Laura. Il serait bien de savoir si elle a été blessée. Il y a du sang sur le lit, de même que sur la moquette et un peu sur les chambranles de porte. Nous savons par le mari que Laura est O positif.

— Je m'occupe des groupes en priorité. Vous aurez très vite la réponse.

Il sortit une grosse trousse du VSAB (véhicule de secours aux asphyxiés et aux blessés).

Il entra dans la maison en dodelinant de la tête. Le responsable de l'équipe scientifique appela Jumet :

— Nous avons trouvé sous le lit un browning GP35. Il a tiré deux fois. Nous avons retrouvé les douilles. Une sous le lit, une sur la moquette. Il y a une balle fichée dans le chambranle droit de la porte quand on y fait face depuis le lit. L'angle de tir nous permet de dire qu'elle a été tirée depuis la place qu'occupe actuellement le cadavre. Par acquit de conscience, nous avons recherché des traces de poudre sur les mains de la jeune fille morte. Il n'y en a pas. Ce n'est donc pas elle qui a tiré. Nous sommes en train de comparer les empreintes trouvées sur le pistolet avec celles de la propriétaire de la maison. C'est pas dur, il y en a partout. Un de mes hommes va mettre ça dans l'ordinateur. On aura une réponse sûre dans moins de cinq minutes.

Lambert intervint :

— J'ai les groupes : A positif pour Manuela. J'ai dû prendre du sang dans un organe. Elle est carrément

240

exsangue. Chaque coup de couteau correspond à une artère. Il l'a vidée de son sang comme un goret. Le sang sur la moquette est du O négatif. Ce n'est donc pas celui de Laura.

— Vu qu'il manque une balle du browning, on peut supposer qu'elle l'a touché.

— Je vais envoyer le sang à Caen. Je vais insister pour qu'ils fassent vite. Si l'ADN du sang correspond à celui du morceau de peau, on sera certain d'avoir affaire au même homme. J'ai aussi un autre élément de comparaison : il y a des traces de sperme sur le corps. On dirait qu'il se laisse aller. La belle prudence du début a disparu. De deux choses l'une : ou il cherche à se faire prendre parce qu'il réalise qu'il est un monstre et qu'il ne veut plus continuer…

— Ou ?

— Il s'en fout, parce qu'il est prêt à filer.

— Ouais, je verrais plutôt cela. La crise de remords, je n'y crois pas. Pourquoi aurait-il enlevé Laura s'il avait vraiment envie de stopper l'hécatombe ?

Jumet réfléchit, mais ce fut Bricart qui prit la parole :

— Au contraire, il touche l'apothéose. Il possède chaque couleur de cheveux : blond, roux, marron et noir. Il peut se livrer à n'importe lequel de ses fantasmes. En plus, il supprime la femme qui a deviné comment il fonctionne, il nous nargue. Il est le grand vainqueur face aux institutions. S'il se tire et qu'il reste tranquille dans un autre pays, nous risquons de ne jamais le coincer.

— Tu oublies le portrait-robot.

— C'est vrai. À condition qu'il soit ressemblant.

— On va vite le savoir. Il est presque neuf heures. Les premières diffusions vont commencer.

— En attendant, on rentre. Il n'y a plus rien à faire ici. Ils nous tiendront au courant à la minute s'il y a du neuf.

Ils arrivèrent à Avranches vers neuf heures quinze. Un fax de France Télécom les attendait avec les derniers appels reçus ou donnés par Laura ou sa famille pendant la dernière semaine, aussi bien sur le poste fixe que sur le portable. Jumet lâcha un juron :

— Merde ! Elle a reçu un appel à quatre heures dix-sept d'un portable. C'est sûrement lui !

Il interpella une auxiliaire de police :

— Rappelez-moi France Télécom. Un responsable, vous me le passez dès que vous l'avez en ligne.

Cinq minutes plus tard, son poste sonnait.

— Bien, ici Jumet. Police criminelle. J'ai besoin d'un renseignement immédiat dans le cadre d'une affaire urgente. Une victime d'enlèvement a reçu ce matin à quatre heures dix-sept un coup de fil en provenance d'un portable que vos services ont identifié comme provenant du numéro 06 04 00 01 12. J'ai besoin de savoir à qui a été attribué ce numéro.

— ...

— Ne me dites pas que vous ne pouvez pas. Il s'agit de vie ou de mort.

— ... Bon. Confirmez par fax à en-tête. Je vous rappelle d'ici un quart d'heure.

Jumet griffonna quelques lignes sur un papier officiel et rappela l'auxiliaire :

— Isa, faxez-moi ça au type de France Télécom. À l'instant où il rappelle, vous me le passez.

— Bien, patron.

C'est l'instant que choisit Bricart pour rentrer brutalement dans le bureau.

— Le corps a été transporté à la morgue. Lambert attaque tout de suite. Tu as du nouveau ?

— Pas grand-chose. J'attends l'identification du lieu d'appel du portable d'une minute à l'autre. Et toi ?

— Des gars ont commencé la tournée avec le portrait-robot. Il y a une ligne réservée à cela. Il n'y a qu'à attendre.

Le téléphone sonna.

— Jumet, j'écoute.

Au bout d'un instant, il fit signe à Bricart d'approcher. Il brancha le haut-parleur. C'était le responsable des équipes techniques et scientifiques.

— Pouvez-vous répéter afin que mon collègue profite de ce que vous avez commencé à me dire.

— Bien sûr. Sur sa table de nuit, Laura Claes avait un bloc-notes et un crayon à papier. Apparemment, quand elle cogitait la nuit, elle notait ses idées. Le bloc était là, mais les feuilles blanches. Seulement, la façon dont la première feuille avait été arrachée nous a semblé violente pour une femme qui est soigneuse. On a donc appliqué la bonne vieille méthode du crayon doux et du calque. Voici ce qu'on en a retiré : prêt à noter ?

— OK.

— « Maison sur rivière ? »

— C'est tout ?

— Oui. À part cela, il y a autre chose. La boue formée par des écoulements d'eau sous le hangar à paille garde des traces de pneus. Des 255/55 R18, le genre de caoutchouc que chaussent les Porsche. Mieux encore : un chemin de terre qui arrive sur la nationale à

243

côté de chez les Claes est encombré par un arbre centenaire dont le tronc dépasse sur la voie carrossable. Cet arbre porte des traces de peinture bleu nuit. Elles sont à l'analyse, je parierais pour la peinture utilisée par Porsche sur son modèle Cayenne.

— Bingo ! Où mène ce chemin ?

— Malheureusement nulle part de précis. Il vient d'une départementale qui va d'un côté vers les marais, de l'autre vers le bourg. C'est le c. v 74.

Isa passa son nez par l'entrebâillement de la porte :

— Durieux, France Télécom en attente, patron.

— OK. Je prends. Merci. Si vous avez du nouveau…

— Bien entendu. Salut !

Les deux hommes eurent un regard satisfait : on progressait. Jumet reprit la ligne :

— Jumet pour M. Durieux.

— Oui. J'ai votre renseignement, par contre je crains qu'il ne vous soit pas très utile.

— Dites toujours.

— Voilà : ce numéro appartient à un certain M. Loïc Desmarets. Un industriel de 60 ans. Ce monsieur a signalé le vol de son appareil en mai dernier à un commissariat de quartier… Attendez… dans le XXe arrondissement de Paris. Seulement, vous savez comment ça marche. C'est un mobile sans abonnement. La plainte n'est pas remontée et comme il n'y avait pas de compte débité, cela en est resté là.

— Vous avez des détails sur ce vol.

— Oui. Il prétend qu'on lui a volé lors d'un séjour à la clinique. Un de ces établissements chics.

— Où ?

— Clinique des Lilas, rue des Lilas. Au moins, c'est facile à retenir.

— Bien. Vous me faxez les coordonnées que vous connaissez. Merci pour tout.

— Encore une chose. Cela va prendre un peu de temps, mais il y a une chose qui va, je crois, vous intéresser.

— Dites-moi tout.

— Les portables sont des GSM. Ils fonctionnent par ondes transmises par relais. En interrogeant les relais, cela ira d'ailleurs plus vite si vous me déterminez un secteur, je saurai d'où il a appelé dans un périmètre restreint.

— Formidable. Notre secteur de recherche serait Pontorson, Boucey, Aucey, Sacey jusqu'à la limite de l'Ille-et-Vilaine. Si cela ne donne rien, voyez Antrain, secteur de Villecartier-Trans.

— Parfait. Dites-moi, pouvez-vous me dire pourquoi ?

— Pour sauver la vie d'une femme enlevée par le scalpeur fou.

— … On s'y met tout de suite. Je vous rappelle dès que je possède la moindre information.

— Merci pour elle.

Bricart et Jumet discutèrent de ces précieuses informations. Si Durieux arrivait à localiser l'appel, il y avait de bonnes chances de sauver Laura.

— Je mets mon équipe sur « Maison sur rivière ? ». Toi, tu vois ce que tu peux sortir du vieux Parisien. Il a peut-être plus de détails à nous fournir que ce qu'a obtenu Durieux.

Bricart et Jumet allaient se séparer quand Lambert arriva au bureau. Il était livide. Il déposa une chemise plastifiée sur la table.

Le gendarme et le policier se regardèrent d'un air interrogateur. Lambert dit dans un souffle.

— Elle n'avait pas d'instrument dans le ventre. Par contre, il y avait un rouleau plastifié. Il contenait ceci.

Il ouvrit la chemise. Sur un papier parcheminé, écrit en lettres rouges, un nouveau poème.

Lambert prit une grande inspiration :

— Il est dédié à Laura. Le parchemin, c'est de la peau humaine. Elle n'appartient à personne que j'ai dans mes fichiers. Par contre, elle vient d'un corps mort depuis plusieurs mois et qui a été momifié. Les lettres sont faites de sang. C'est celui de Manuela.

****

CARNET (EXTRAIT)

Pas de fantasmes secrets sur tes cheveux défaits qui brillent sous les effets conjugués de la lune couchante et du jour naissant.

Moi, le fils et l'amant de la lune, j'offrirai ton corps en sacrifice à la reine de la nuit rutilante de blondeur ou de rousseur suivant les phases nouvelles de la capricieuse demoiselle.

Je pénétrerai ton corps de mon arme de mâle et ton esprit de ma dominance par ma culture et ma suprême intelligence.

Quand tu te traîneras à mes pieds, consciente de ton incapacité à rester en vie, alors, de ma grandeur déifiante, je scellerai par mon bon vouloir la suite de ton destin : te laisser la vie pour méditer sur ton état de larve inutile ou te donner la mort pour sauver ton âme de son triste sort.

De ma bonté dépendra ton karma.

De par ma voix, seul l'astre décidera.

ASJ

Chapitre 25

J'avais vraiment très mal à la tête avec un goût de fer dans la bouche. Ce furent mes premières sensations au moment où je repris pied dans la réalité. Je n'avais pas encore ouvert les yeux que mon nez sensible me fit part de la puanteur ambiante. Un mélange d'excréments, de sang et de sueur de peur. Malgré toutes ces agressions extérieures, mon cerveau était étonnamment lucide. Pas un instant je me demandai où j'étais. Je le savais pertinemment. Les dernières secondes avant ma perte de conscience défilèrent dans ma tête comme un film Super 8, juste un peu troubles. J'étais certaine d'avoir tiré et de l'avoir touché. Au moins une fois. Je l'avais entendu pousser un grognement de douleur juste avant qu'il me colle cet anesthésique sur la bouche. Après, c'était le trou noir. Je poussai un soupir de peur rétrospective. Heureusement que ma fille était absente. Je frissonnai à l'idée qu'elle ait pu être là. Une petite voix me souffla de ne pas m'inquiéter pour ce qui n'était pas arrivé, mais plutôt de ma situation actuelle. Il fallait que je me décide à ouvrir les yeux afin de reprendre conscience du réel. Il fallait affronter la vérité en face si je voulais avoir une minuscule chance de m'en sortir. Je ne savais pas si c'était le jour ou la nuit. Je savais juste que, pour l'instant, j'étais vivante et, d'après mes sensations, pas en trop mauvais état. Le tout était de prolonger cette situation. Ouvrir les yeux. Ce n'était pas si simple. J'avais l'impression que mes paupières pesaient des dizaines de kilos chacune. Le sentiment de n'avoir aucune force, aucun pouvoir sur mon corps. Mon cerveau voulait quelque chose que j'étais incapable de réaliser concrètement. Je m'accordai quelques minutes de grâce, comme un enfant qui ne veut pas sortir de son lit un jour de rentrée des classes. Je devais y arriver. Enfin, j'y parvins. J'étais maintenant certaine d'avoir les yeux ouverts. Pourtant, cela ne changeait rien. Le noir toujours aussi épais m'entourait de toutes parts. Je tâtonnai autour de moi. J'étais plus ou moins assise par terre. Il devait m'avoir jetée inconsciente à l'intérieur de cette pièce immonde. Mon corps sans réaction était simplement resté comme il était tombé sous l'effet de la drogue. Je me mis à quatre pattes, prenant conscience que je n'étais pas entravée, ce qui était en soi déjà un premier pas vers la liberté. Sous mes doigts, le sol était rugueux, du ciment sans doute. Je m'avançai doucement. Au niveau du sol, je sentis un courant d'air frais. La porte devait se trouver par là. Ma vue s'habituant peu à peu à l'obscurité, je commençai à distinguer les contours de meubles. En évitant les obstacles, je me dirigeai vers l'endroit où j'estimais être la porte. Quand je sentis franchement le léger courant d'air, j'entrepris de me relever en m'appuyant sur le panneau en bois. Je cherchai la clenche. Quand je la trouvai, je l'actionnai violemment. La porte était bloquée comme je m'y attendais.

— Réfléchis !

D'habitude, près des portes, il y a des interrupteurs. Je laissai courir mes doigts le long du chambranle, puis à hauteur d'homme sur le mur. Je lâchai un cri de triomphe. Je l'avais trouvé ! J'actionnai le bouton. La lumière sortit d'une ampoule minable qui ne devait pas faire plus de quarante watts. Pour peu, j'aurais regretté d'y voir clair. La pièce était meublée d'un vieux lit sur lequel il y avait un couvre-lit. Malgré les taches d'urine et de sang séché, je reconnus le tissu vert dont John Mac Enzie m'avait donné un morceau. Ainsi, j'étais devant le lit de toutes les souffrances. Cynthia. Des larmes me montèrent aux yeux, que je ne pus m'empêcher de laisser rouler sur mes joues. J'eus l'impression d'entendre les cris de mon amie, ceux de Nelly, d'Annabelle, de Manuela. Au pied ainsi qu'à la tête du lit se trouvaient des fixations métalliques dans lesquelles étaient positionnées des sangles nylon. Les filles avaient été attachées, pour ne pas dire écartelées, sur ce lit. Mon instinct de survie me cravacha.

— Pas question de finir là-dessus !

À la recherche d'une issue quelconque, je continuai mon exploration visuelle.

— Seigneur !

J'avais perçu deux choses en même temps sans être capable de dire laquelle me semblait la plus terrifiante.

En face du lit se trouvait une vitrine, offrant comme des objets précieux les chevelures prélevées sur les victimes ainsi que leurs effets personnels. C'était odieux, j'avais le cœur au bord des lèvres. En définitive, ce qui m'hypnotisait le plus dans la spirale de l'horreur, c'était un dessin sur le mur du fond. Il était suffisamment bien fait pour pouvoir identifier le sujet.

Je m'approchai en tremblant sur mes jambes. C'était moi ! Le tueur m'avait représentée au travers de ses fantasmes de vengeance les plus sanglants. On sentait sa haine et sa colère à travers les traits de crayons rageurs. L'utilisation massive du rouge n'était pas que la symbolique du sang, mais aussi celle de la rage qu'il voulait défouler sur moi. Les membres étaient arrachés, les seins découpés gisaient sur mon ventre éviscéré.

Je me retournai, les yeux à la recherche d'une cuvette pour vomir. C'est alors que je le vis. Il se tenait dans l'encadrement de la porte maintenant ouverte. À cause du contre-jour, il semblait immense. Je ravalai ma nausée. Comme à la maison, le fait d'être face à l'ennemi me redonna toutes mes forces et mes facultés. La moindre faiblesse en face de ce monstre humain me serait fatale. Quatre jeunes filles dont ma meilleure amie étaient mortes. Il ne fallait pas que ce fût vain. J'avais juré de l'avoir et j'avais bien l'intention d'y arriver. Cette crapule allait goûter les joies des quartiers de haute sécurité où les autres détenus se transformaient en justiciers si un prévenu avait commis des choses trop horribles, notamment sur des enfants ou des adolescentes. J'espérais juste qu'il ne mourrait pas trop vite. Il fit un pas en avant, ce qui l'emmena en pleine lumière. Je le regardai bien en face. Ses yeux étaient aussi fascinants que ceux restitués par le portrait-robot. Des diamants noirs d'un éclat sans faille. Il était sûr de lui. Je pouvais lire, dans la profondeur sombre de ses pupilles, son assurance quant à sa supériorité de sociopathe. Il était certain que j'allais l'implorer, qu'il m'écraserait comme la larve à laquelle je lui faisais penser. Il me fixait de ses yeux perçants comme si leur seule puissance avait eu le pouvoir de me mettre à genoux. Il parut surpris que je soutienne son regard. Il eut un petit mouvement de la tête que j'interprétai comme de l'étonnement. Comme il ne bougeait pas et ne disait rien, nous restâmes de longues minutes face à face, nous jaugeant mutuellement. Un début de calvitie frontale agrandissait son visage, donnant à ses yeux encore plus de profondeur. Ses cheveux étaient du même noir que ses yeux et aussi ras que l'avait estimé Lambert. Il avait de la prestance, une sorte d'élégance féline. Je ne le trouvai pas beau, mais voulais bien croire qu'il exerçait un certain attrait sur les femmes. Il dégageait une aura presque sexuelle. Un dominateur sans aucun doute. Son épaule droite était bandée. J'en déduisis que c'est là que j'avais dû le toucher. Dommage que la balle ne soit pas allée un peu plus à gauche.

Il prit enfin la parole, lançant la confrontation inévitable. J'avais un énorme avantage sur ses autres victimes : je savais comment il fonctionnait, quel genre de tortures il était capable d'infliger. À moi d'exploiter les failles. Je me montrais très sûre de moi, ne cillant pas du regard devant son long examen. En réalité, j'avais mal au ventre avec l'impression qu'il me serait impossible de dissimuler le tremblement de mes membres pendant très longtemps. Je pris une grande inspiration pour encaisser ce qu'il allait dire.

— Vous aimez mon sens artistique ?

Le ton était doucereux.

— Les traits sont ressemblants.

C'est tout juste si j'avais reconnu ma voix.

— Bientôt le reste le sera aussi. Mais c'est encore un peu tôt. La nuit ne tombera que d'ici quelques heures. Pour que votre sacrifice soit une réussite, je dois attendre le lever de lune.

Il s'avança vers moi. Malgré toutes mes bonnes résolutions, je reculai contre le mur. Il tendit un bras terminé par une main de pianiste aux doigts longs et fins. Il me caressa la joue, contourna l'œil puis se perdit dans mes cheveux épais.

— Vous avez des cheveux d'excellente qualité. Dommage qu'ils soient courts.

Je tournai brusquement la tête et mordit de toutes mes forces la main qui me caressait. Dans la foulée, je donnais un coup de poing sur son épaule blessée, tentant de me dégager. Mon cerveau n'avait plus qu'un seul objectif : atteindre la porte. Tous les moyens seraient bons pour y arriver.

L'homme poussa ce même grognement que j'avais déjà entendu dans la chambre. Au moins, j'avais réussi à lui faire mal ! Je me jetais en avant, commençant une course contre l'horreur, quand je me retrouvai plaquée au sol. Malgré son bras blessé, il s'était jeté en avant comme un joueur de rugby. Il tenait mes jambes serrées dans son bras gauche. J'essayai de me retourner comme une crêpe et entrepris de donner des coups de poing à tout ce que je pouvais atteindre. Je visais encore l'épaule, mais il était sur ses gardes. Comme il était beaucoup plus grand et fort que moi, il n'eut pas trop de mal à me tenir à distance. La gifle me surprit par sa violence. J'eus l'impression que ma tête se détachait. Je n'entendais que le claquement suivi de son écho dans mes oreilles. Devant les yeux, j'avais soudain un kaléidoscope de points rouges et noirs. Je sentis quelque chose de chaud couler le long de ma joue. Ce n'était pas une larme. Ce salaud m'avait fendu la pommette. Je poussai un hurlement digne d'un « kiaï » de karatéka et, profitant de ce qu'il me croyait calmée par la violence de la claque, je me précipitai au jugé en avant. Il y eut un instant de flottement. Surpris par mon cri et ma réaction, il avait perdu la seconde qui m'avait permis de me dégager. Sans doute était-il affaibli par sa blessure. Je n'allais pas m'en plaindre. Cela me suffit à atteindre l'interrupteur que j'actionnai tout en passant la porte. Cette fois l'exclamation qui me parvint n'était pas un cri de douleur, mais de rage non contenue. Si je ne lui échappais pas, j'étais morte. Dans l'état où il était, ce ne serait certainement pas une mort douce. Si j'arrivais à l'enfermer, j'avais une petite chance. Je voulus claquer la porte derrière moi, mais déjà son pied bloquait le système. Il ricana.

— Tu peux fuir. Tu n'iras nulle part. Pour entrer dans la maison, il faut connaître le truc. Un bon vieux système de passage secret, comme dans les livres. Tu ne trouveras jamais seule. De l'autre côté, c'est le souterrain. Il ne mène pas directement à la sortie. Il mène à une ancienne mine de tourbe. Si tu ne connais pas le chemin, c'est un vrai labyrinthe. Alors… On continue à jouer ? Ou tu préfères mourir de faim et de froid dans la mine ?

À choisir, je préférais la mine. Je réfléchissais à toute vitesse. J'appuyais de toutes mes forces sur la porte, cependant j'étais assez lucide pour savoir que je ne tiendrais pas longtemps. Il avait beaucoup plus de force que moi : il ouvrirait la porte dès qu'il le voudrait. Le couloir devant moi était faiblement éclairé par de vieilles ampoules situées tous les vingt mètres environ. Il se perdait dans l'obscurité là où ma vue ne distinguait plus les parois voûtées.

Un « han ! » de bûcheron accompagna son mouvement pour ouvrir la porte. Je fus déséquilibrée et volai contre le mur d'en face. Nous étions revenus au point de départ. Le face-à-face recommençait. Il avait un sourire de triomphe.

— Alors qu'en dites-vous ?

Je ne répondis pas, me précipitai en avant vers le fond du couloir. Son ricanement sûr de lui accompagna ma course. J'entendais bien qu'il ne me poursuivait pas. Je ne voulais pas perdre un instant à jeter un regard derrière moi. J'atteignis le bout du tunnel. Là je compris son assurance. Le chemin finissait par un à-pic sans fin et sans lumière. L'entrée de la mine ! Il y avait bien des barreaux pour descendre, mais ceux que je pouvais apercevoir étaient en bien mauvais état. Je me retournai. Il était planté au milieu du couloir, les bras croisés, l'air narquois. Une nouvelle confrontation était inévitable.

****

Chapitre 26

Bricart entra très excité dans le bureau. Jumet était absorbé par l'étude d'un plan. Il y cochait toutes les maisons longeant les rivières ou même les ruisseaux entre Pontorson et Antrain. Cela en représentait au bas mot une soixantaine. S'ils manquaient de chance, les équipes n'auraient pas tout fouillé avant la nuit. Il aurait fallu qu'il puisse être plus précis.

— On avance à grands pas. Le vieux à Paris s'est fait voler son portable dans une clinique.

— Oui et puis…

— Qui dit clinique dit médecin, voire chirurgien.

— Continue.

— Les gendarmes Sédard et Renauld font le tour des commerçants avec le portrait. Deux personnes totalement différentes, habitant à l'opposé de la ville, l'ont identifié comme, je cite, le « docteur de Paris ». Il semblerait que la coiffure ait changé, mais ce sont les yeux qui les font réagir.

— Nom de Dieu ! Un toubib. Alors Laura avait raison. Qui est-ce ?

— Là, je n'ai pas encore la réponse. Ils le connaissent de vue. Il fait des courses au bourg quand il vient dans la région où il posséderait une maison de vacances. Il est poli, paie en liquide et n'est pas bavard. J'envoie des équipes faire les notaires, les agences immobilières. D'autres iront carrément faire du porte-à-porte chez les particuliers. Il doit bien avoir des voisins. D'autre part, la brigade du XXe va perquisitionner la clinique suspecte. Ils doivent nous faxer les dossiers du personnel incessamment. Enfin, j'ai demandé à la presse un appel à témoins. C'est une question d'heures, peut-être même de minutes. On va le coincer, ce salopard. J'espère juste qu'on arrivera à temps.

— Si cette idiote de secrétaire de notaire n'avait pas eu d'états d'âme, et qu'elle avait porté plainte, on aurait pu éviter tous ces massacres.

— Ouais. Mais avec des « si » ma tante serait mon oncle ! Maintenant, il faut sortir Laura des griffes de ce monstre avant la nuit, en priant, si tu en es capable, pour que ce ne soit pas trop tard.

— Bon. Je ne sais peut-être pas prier, mais quoi qu'il en soit ces soixante maisons, habitées ou non, seront visitées avant ce soir. On rappelle tout le monde, permission, congé, même congé sans solde. Il nous faut des pros capables de déceler le moindre indice, la moindre anomalie.

À cet instant, le téléphone sonna. Jumet décrocha, eut un sourire satisfait, brancha le haut-parleur en faisant signe à Bricart d'approcher.

— Salut. Durieux, France Télé…

— OK, Durieux. On est tout ouïe.

— C'est le relais 11.54 GBH qui a relayé l'appel…

— Où se trouve-t-il ?

— J'y viens. Il a une couverture qui forme un triangle, limite Boucey, Aucey, Sacey.

— C'est déjà notre zone de recherche mais cela confirme. Pouvez-vous être plus précis ?

— On y travaille. Je voulais déjà vous dire ceci. Je vous rappelle dès que j'ai mieux.

L'information confortait la zone de recherche qui restait néanmoins trop étendue pour un résultat rapide.

Le fax se mit à cracher à son tour. Au fur et à mesure que les feuilles sortaient, les deux enquêteurs lisaient les informations envoyées par le service du personnel de la clinique.

Tout le monde y passa : du personnel d'entretien aux cuisinières en passant par les aides-soignantes, infirmières, anesthésistes pour finir par les médecins.

Au bout d'une heure de fax et le remplacement laborieux de la rame de papier, Bricart et Jumet lâchèrent le même cri :

— C'est lui !

Malgré la mauvaise qualité de la photo, on devinait une forte ressemblance avec le portrait-robot. Ils lurent :

« Georges Lemarchand, né le 23/09/1965 à Missoula (USA).

Diplôme de médecine en 1993 ; spécialisation chirurgie esthétique 1995.

1995 à 1997 aide humanitaire en Amérique latine : Brésil, Argentine, Guyane, Surinam et Pérou.

Installation à Paris fin 1997 : achète les parts de M. Reinart à la clinique des Lilas dont il devient associé à part entière. Détient 50 % des parts avec M. Louis Wax qui détient les 50 autres %.

Père : inconnu.

Mère : décédée.

Frères/Sœurs : néant.

Adresse : 8, faubourg Saint-Honoré, Paris

Téléphone : 01 22 44 33 77 »

Suivaient des commentaires divers et une plainte de patient concernant un nez modifié autrement que de la façon désirée.

Jumet poussa un soupir :

— Fichtre ! Un chirurgien esthétique ! Idéal pour apprendre à découper les peaux. Du beau linge ! Je sens que l'on va se faire des amis en accusant ce monsieur, qui doit avoir sa renommée dans la jet-set, des pires atrocités.

— On a des preuves, en tout cas un témoignage.

— Aucune preuve, mon vieux. Juste des suppositions. Si Ferrara porte plainte, on pourra le mettre en garde à vue pour tentative de viol. Quant au reste, il faudra la prise de sang permettant d'identifier l'ADN. C'est la seule chose de tangible que nous possédions en plus de l'échantillon de néoprène et du minuscule bout de tissu vert de l'affaire Bazin. J'espère que la maison contiendra des preuves très concrètes, sinon on n'a pas fini avec le ténor du barreau qu'il ne va pas manquer d'engager.

— Avant le procès, on va lui expliquer notre façon de voir les choses. J'appelle le fameux Wax. Il connaît sans doute l'adresse de la résidence secondaire de son petit copain.

Bricart eut du mal à obtenir Wax en ligne. Sa secrétaire faisait barrage. Il finit par exploser :

— En réunion ou pas, vous me le passez. Sinon je le fais mettre en garde à vue comme témoin à charge. Mes collègues se feront un plaisir de venir le chercher avec le « panier à salade »… Pour sa protection, bien entendu. Évidemment, dans une clinique comme la vôtre…

Quelques secondes plus tard, Wax était en ligne :

— Que voulez-vous ?

— Sauver la vie d'une femme, vraisemblablement enlevée par votre associé. Il s'agit vraiment d'une urgence. Ou vous me répondez volontairement ou je vous fais assigner devant un juge dans l'heure qui vient.

Il y eut un silence, puis :

— Je vous écoute.

— Votre associé, le docteur Georges Lemarchand, est soupçonné d'enlèvement, viol, tortures et j'en passe sur cinq personnes dont deux mineures. Nous avons son adresse à Paris, mais il semble qu'il possède une maison dans la région de Pontorson, en baie du Mont-Saint-Michel. Connaissez-vous cette adresse ?

— Non. Je vous assure. Il est en déplacement. Il suit un séminaire aux États-Unis. Il est à Saint-Louis, je crois. Je peux rechercher les coordonnées de la clinique où il m'a dit aller effectuer un stage de six mois.

— Il est parti depuis quand ?

— Attendez. Je réfléchis… Oui, il est parti début mai. Je m'en souviens parce qu'à son pot de départ il y avait du muguet partout. Il est censé revenir… je consulte le cahier… oui, c'est bien cela, fin octobre. Il m'appelle régulièrement pour les affaires courantes, mais moi je ne l'ai jamais appelé.

— Bien, faxez-moi les coordonnées de cette clinique américaine. On vous tient au courant. Au fait, c'est quoi sa spécialité ?

— Les liftings. Il détache la peau du visage puis la retend pour éviter les rides.

— Je vois. Merci.

Les deux policiers échangèrent un regard entendu.

Le fax crépita presque aussitôt. C'était l'adresse américaine donnée par Lemarchand à son associé. Sans illusions, Jumet chargea Isa des vérifications. Moins d'un quart d'heure plus tard, elle confirmait ce qu'il pensait : aucun chirurgien esthétique français du nom de Lemarchand ne travaillait chez eux. Ils n'en avaient jamais entendu parler.

Le téléphone sonna :

— Durieux…

— J'écoute.

— J'ai pu restreindre à un rayon de deux kilomètres…

— Génial ! Où ?

— Point central du cercle des investigations : la commune de Sougéal, vraisemblablement à la hauteur de la D89, direction nord-ouest.

Jumet surlignait les indications en rouge sur la carte. Il poussa une exclamation :

— Pile sur le Couesnon, à la jonction avec l'Oyon. Précisément la zone où la petite Lopez a disparu !

Pendant que Jumet finissait la conversation, Bricart entourait les maisons ayant accès à la rivière. Il y avait un ancien moulin, la plus importante, puis trois autres maisons en bord de rive à environ un kilomètre de distance chacune.

Il enchaîna :

— Si l'idée de Laura est la bonne, on se retrouve juste avec quatre maisons dont le moulin.

— Ce coup-ci, on y va.

Ils rassemblèrent les hommes. En franchissant la porte, ils tombèrent sur le père de Manuela.

— Avez-vous du nouveau ? Êtes-vous prêts à coincer ce monstre ?

— On s'en occupe, monsieur Lopez. Cette fois-ci, cela avance. Rentrez chez vous. Dans les circonstances actuelles, votre femme doit avoir besoin de votre présence.

— Ma femme pleure sa fille, monsieur Jumet. Moi, le chef de famille, je n'ai pas été capable de protéger ou au moins de retrouver mon enfant. Je veux assister à l'arrestation de ce type. Je veux le voir crever de trouille et pleurer.

— Monsieur Lopez, il n'est pas question de vengeance personnelle quel que soit votre chagrin. On va l'arrêter. La justice s'occupera de son cas. Je perds un temps précieux. Je vous rappelle qu'une autre jeune femme est en danger.

Il se tourna vers Bricart :

— Cette fois on est parti.

Dans son dos, il entendit Lopez lui crier :

— Vous y croyez, à la justice ?

Ils arrivèrent dans la zone délimitée par Durieux vingt minutes plus tard. Ils se garèrent sur la départementale, à la limite de l'entrée principale de l'allée qui menait au moulin. Bricart briefa les hommes, répartissant les tâches. Des équipes se dirigèrent vers les maisons un peu plus éloignées. Sans savoir pourquoi, il se réserva le moulin.

Il rejoignit Jumet. Ensemble, ils allèrent sonner à la porte de l'ancienne minoterie. C'était une belle bâtisse en pierres de taille fraîchement sablées. Les joints avaient été refaits, l'on sentait la propriété de luxe fraîchement rénovée.

Le téléphone portable de Jumet sonna.

Il approuva de la tête, leva un pouce victorieux en direction de Bricart. En raccrochant, il annonça :

— C'était le cadastre. J'avais demandé des renseignements avant de partir. Le moulin appartient à un certain Georges Lemarchand. C'est une résidence secondaire. Cette fois on y est.

La maison avait l'air vide avec ses volets clos. Aucun signe de vie ne transpirait de ce bâtiment. La radio de Bricart grésilla :

— Patrouilleur 2 à chef de brigade.

— J'écoute, patrouilleur 2.

— La voisine n° 1, lieu-dit La Romaine, a reconnu le portrait. Dit que c'est le docteur Georges qui habite au moulin.

— Bien reçu, patrouilleur 2. Rassemblez les hommes ; retour discret à l'entrée principale du moulin. Action dans dix minutes.

— On arrive. Hommes à pied d'œuvre dans cinq.

Jumet leva les yeux vers les étages. Cette fois, ils tenaient le bon bout. Un coup de vent balaya le jardin, faisant bouger une branche d'un marronnier centenaire. L'espace d'un instant, quelque chose brilla sur la façade, captant un éclat de soleil.

Il désigna du menton le point lumineux à Bricart.

— Il a des caméras de surveillance. Il faut les localiser afin de les neutraliser.

— On va couper le courant. Il faut prévoir des lampes manuelles au cas où nous n'aurions pas accès à la lumière du jour.

Il donna des instructions en ce sens puis rejoignit les hommes à l'entrée.

— EDF va couper le courant. Dans quatre minutes, nous investissons la propriété. Je veux un homme à chaque issue, porte ou fenêtre. Pas question qu'il nous file entre les doigts. Jumet et moi, nous nous occupons de l'entrée principale. Si notre homme apparaissait et essayait de filer, après les sommations d'usage, vous tirez dans les jambes. Il nous faut ce type.

À l'heure dite, Jumet se présenta devant la porte et frappa.

— Police, monsieur Lemarchand. Ouvrez ! Nous avons des questions à vous poser.

Ils laissèrent passer un instant. Il n'y eut aucune réponse. Jumet arma son Sig, visa la serrure qui explosa en déclenchant une alarme auto-alimentée. Quatre gendarmes investirent le hall, arme au poing. En quelques minutes, ils eurent fait le tour des pièces du rez-de-chaussée et visité l'étage qui n'était qu'un grenier non aménagé.

Le sous-sol était uniquement occupé par la roue qui tournait sur elle-même au rythme du courant du Couesnon.

— Il n'y a personne ici. Aucune trace.

Le constat était plus que décevant. Où pouvaient-ils chercher Laura ?

****

Chapitre 27

Nous nous observions comme deux pit-bulls prêts au combat. La différence entre nous tenait dans le rythme de nos respirations respectives. La sienne était calme, presque régulière. La mienne était saccadée. J'avais mal à la joue et le sang me battait les tempes. Suite à la violence de la gifle, mon œil commençait à gonfler en me brouillant la vue.

— Alors madame la psychologue, moins sûre de vous que devant les caméras de télévision ?

Au point où j'en étais, je ne risquais pas grand-chose à le bousculer un peu.

— Il n'y a que la vérité qui blesse.

Il émit un son semblable à un feulement. Je crus qu'il allait me sauter à la gorge, mais il ravala sa rage. Un sourire ironique revint sur ses lèvres.

— Que pouvez-vous savoir de ma mère ? Qui vous autorise seulement à évoquer son existence ?

— Vous voyez bien que cela vous touche. Vous l'aimiez plus que tout. Un événement a brisé cette relation qui était pour vous une relation privilégiée.

— C'était une sainte. Elle a tout sacrifié afin que je sois élevé dans l'amour et le confort. Aucun homme ne l'a comprise. Mon père l'a rejetée, un alcoolique l'a tuée. Le premier attend le jugement de ses actes, le second est mort. Je m'en suis occupé personnellement. Un juge lui aurait juste retiré son permis. Il aurait forcément recommencé. Il l'a massacrée, moi je l'ai vengée. Il m'a supplié. Cette fois, c'était à mon tour de décider de sa vie ou de sa mort. Je l'ai exécuté. C'était un rebut de la société. J'ai encore été trop bon avec lui. J'aurais dû le faire souffrir autant que j'ai souffert quand j'ai appris qu'elle était morte.

La situation avait quelque chose d'irréel. Tout à coup, les vannes de son subconscient s'ouvraient. Enfin quelqu'un l'écoutait. Il me parlait aussi librement qu'un patient allongé sur le divan de son psychanalyste. J'étais certaine que dans moins d'un quart d'heure je connaîtrais les tenants et les aboutissants de toute son histoire. J'entrai dans le jeu :

— Votre père l'a abandonnée, à cause de cela elle détestait les hommes…

— Il l'a rejetée. Il buvait, il la battait, il la menaçait. Les Médecins universels ont dû l'aider à fuir. Elle disait que si Ours Sauvage avait eu vent de son départ, il l'aurait tuée.

Ours Sauvage. Voilà qui confirmait les origines indiennes que nous soupçonnions déjà.

Je repris :

— Elle détestait la gent masculine en raison de ce que votre père lui avait fait et, vous, vous étiez un garçon…

Il se mit brusquement à sangloter.

— Elle me disait qu'elle m'aimait. Qu'elle n'aurait pas voulu une fille à ma place. Néanmoins, je suis certain que c'était faux. Parfois je me déguisais, mais elle me grondait, alors je le faisais quand elle n'était pas là et que la lune éclairait assez la chambre pour que je puisse me voir dans le miroir. J'aurais été une jolie fille, vous savez. Venez. Je vais vous montrer.

Il fut sur moi avant que je puisse esquisser le moindre mouvement de fuite. Il m'enserra le poignet. Sûr de sa force tranquille, il m'entraîna vers la chambre des horreurs. Il se déplaçait tout en souplesse, comme un animal sauvage, toujours prêt à esquiver l'attaque d'un prédateur.

Je ne voulais pas opposer une résistance trop forte avant d'être hors du cul-de-sac que formait l'entrée de la mine. Il me fallait arriver à filer dans l'autre sens afin d'essayer de trouver le système qui me permettrait de rentrer dans la maison. À l'entrée de la pièce, j'essayai de me libérer de son emprise.

Je tentai un croche-pied, comptant sur son déséquilibre pour me libérer le poignet. Cependant, il ne relâcha pas la pression. Sa voix se fit menaçante quand il dit :

— Alors, tu ne veux pas me voir en fille ? Je suis pourtant très belle, tu sais.

Le fait qu'il passe au tutoiement me glaça le sang. Il ne me considérait plus comme une personne, mais bien comme un être qu'il allait dominer. Psychologiquement, il était bien parti.

Il me força à m'asseoir sur le lit. Le poids de mon corps fit s'échapper de l'air du matelas répugnant. L'odeur qui s'en dégagea me souleva le cœur.

Je m'adressai à mon tortionnaire en le vouvoyant, espérant ainsi recréer une certaine distance.

— Vous ne faites jamais le ménage ?

— Aucune importance. Cela ne va pas te déranger longtemps. Je te montre ma collection. Tu vas faire des photos. Après, si tu es sage, tu mourras vite. Sinon…

— Pourquoi me tuer ?

— Parce que tu représentes ce que je n'aime pas et ce que je suis.

— C'est-à-dire ?

— Une société matriarcale basée sur la réussite et le pouvoir de l'argent.

— Pourtant tout valorise l'image du mâle. Il est temps d'accepter. Laissez votre mère reposer en paix.

— Regarde bien le dessin au mur. Tu n'es pas très sage. Tu dis des bêtises. Je crois que je commencerai par le sein droit, celui que se brûlaient les Amazones pour ne pas être gênées quand elles tiraient à l'arc.

— C'étaient des guerrières. En définitive des androgynes. Un corps de femme avec une mentalité qui, dans notre monde, correspondrait à celle d'un homme.

— Pourtant, elles éliminaient les enfants mâles.

— Pas tous. Il leur fallait des étalons. Pourquoi violez-vous vos victimes… ? Au fait comment vous appelez-vous ?

Il hésita, puis il répondit :

— Je peux te le dire. Je te tue, puis je me tire aux États-Unis : je vengerai ma mère. Ours Sauvage va pleurer, lui aussi. Mon nom sioux est Hanwi.

— Hanwi : la lune. Je comprends mieux.

— Vous comprenez le sioux ?

Je notai le vouvoiement corroborant un certain retour de respect dans le ton qu'il utilisait.

— J'aime toucher à un tas de choses. J'ai eu l'occasion de visiter une exposition sur les Indiens, puis je me suis renseignée sur Internet.

— C'est cela la culture générale ! Bravo, madame la psychologue.

Il y avait de nouveau une certaine ironie dans sa voix mais teintée de bonne humeur. Il était heureux de voir que d'autres s'intéressaient à ses racines. Tous ces échanges ne l'empêchèrent pas de me forcer à me rapprocher de la tête de lit, de sortir prestement une paire de menottes de sa poche arrière. En un seul mouvement ponctué d'un « clac » métallique, je me trouvai attachée. Il alla à la vitrine, ouvrit le tiroir du bas. Il en sortit un appareil Canon superperfectionné qu'il vint me mettre entre les mains.

— Vous n'avez rien à faire. Juste appuyer sur le bouton. Les réglages et le flash sont automatiques.

Il retourna à la vitrine, cette fois ouvrit la porte vitrée. Il hésita puis choisit le scalp blond. J'avalai péniblement ma salive. Je n'étais pas certaine de ma réaction s'il avait choisi celui de Cynthia. Je fermai les yeux, alors qu'il se dirigeait vers le miroir à côté duquel une robe à fleurs était soigneusement rangée sur un valet. Je sursautai quand il susurra à mon oreille :

— Comment me trouves-tu ?

Je ne l'avais pas entendu approcher, je fis un bond. L'odeur du scalp était difficilement supportable. Mal tanné, il commençait à pourrir. Seulement l'homme ne semblait pas sensible à ce genre de détail.

— Hanwi…

— Non !

Cela avait claqué tellement sec que je fis un autre bond sur mon matelas.

— Maintenant je suis l'esprit de Sandrine. Hanwi offre des sacrifices à son totem. La Lune reconnaissante fait revivre l'esprit de Sandrine. Ours Sauvage le rencontrera bientôt.

Le ton durcit :

— Fais la photo maintenant !

Je le dévisageai. Un instant, je me demandai si cet homme était réellement un psychopathe ou un grand malade. Vêtu du scalp et de la robe à fleurs dont dépassaient ses jambes poilues d'homme, je ne savais plus trop à quoi m'en tenir. Jusqu'au moment où ses yeux perdirent leur éclat halluciné pour redevenir parfaitement clairs et expressifs. Il me regarda en face, éclata de rire.

— Tu vois, ma défense est déjà prête : irresponsable. Tout le monde y croira. Mais rassure-toi, cela ne sera pas nécessaire. Je file d'ici deux heures. Fais la photo !

Il avait hurlé les derniers mots. Je levai le bras et regardai dans le viseur. Ce n'était pas facile de tenir l'appareil tout en pressant le bouton-déclencheur d'une seule main. J'avais la tremblote et me contorsionnai, essayant d'arriver à appuyer de ma main droite prisonnière. Je fis deux essais ratés. Il s'en rendit compte.

— Je vais te détacher. Surtout ne crois pas filer. Tu sais maintenant qu'il n'y a pas d'issue.

Il prit des clés et fit jouer la serrure. Immédiatement des fourmis envahirent ma main. Je repris l'appareil. Sous des airs soumis, je photographiai Hanwi sous tous les angles qu'il voulait. Il reviendrait près de moi pour m'attacher, alors… J'avais mon plan. Il changea de scalp, choisit celui de Cynthia. Ma vue se brouilla et je dus faire un effort surhumain pour continuer ce jeu macabre. Les larmes coulaient et je voyais que ma souffrance lui procurait une jouissance. Bientôt une petite bosse déforma le tissu léger de la robe.

Je réalisai que mon chagrin lui avait déclenché une érection. Il souleva sa robe comme une danseuse de french cancan. Sidérée, je compris alors la raison de l'utilisation d'objets pour le viol des cadavres. Hanwi souffrait du syndrome de Klinefelter. Son sexe bien qu'en érection avait la taille de celui d'un enfant de 10 ans. C'est une anomalie génétique que l'on retrouve plus fréquemment chez les tueurs sexuels que chez d'autres hommes. Il n'avait jamais dû réellement satisfaire une femme et nombre d'entre elles avaient dû se moquer de lui. Il avait compensé. Elles voulaient avoir quelque chose dans le ventre ? Eh bien, il leur donnait. Parapluie, couteau ou tenaille. Quelque chose qui remplissait jusqu'au fond.

Il s'approcha de moi et je me tassai sur le matelas. Il me fallait le laisser approcher suffisamment. L'appareil photo bien campé dans ma main droite, j'attendais qu'il se penche vers moi. Il approchait doucement ondulant comme un serpent cherchant à hypnotiser sa proie. Je ne le quittais pas des yeux. Je n'avais pas besoin de faire semblant d'avoir peur pour l'attirer. J'étais malgré ma volonté, terrorisée. Je fis mine de vouloir lui photographier le visage en gros plan. L'idée lui plut. Il approcha encore. De toutes mes forces, j'abattis l'appareil sur le haut de son crâne. C'est à cet instant que la lumière s'éteignit.

****

Chapitre 28

Bricart et Jumet en étaient à la fouille complète de la maison. Il restait à souhaiter qu'ils ne s'étaient pas trompés de personnage, car sinon le juge allait leur passer un sacré savon. Or, pour l'instant, ils n'avaient rien. Ils décortiquaient le bureau. Brutalement Jumet fit signe à son collègue.

— Viens voir par ici.

Il lui désignait un cahier d'écolier à couverture noire d'une totale banalité. À l'intérieur, sur des pages blanches à petits carreaux, il y avait des poèmes. On pouvait parler de périodes littéraires si ce n'était le contenu macabre des œuvres proposées. L'enfance encensait la mère. La préadolescence était une période où les sacrifices animaliers offerts à la lune occupaient au moins une vingtaine de pages. Ensuite, il y avait un vide, suivi d'un cri de rage à l'intention des chauffards alcooliques.

— Ce type est dingue. Tu as vu le nombre d'animaux qu'il a martyrisés, brûlés, découpés ou enterrés vivants, pour satisfaire son « totem ». Cela explique ses pratiques.

Jumet renchérit :

— Je parie qu'il a tué ce chauffard. Lis bien. Ce n'est pas dit clairement, mais je pense que sa mère a été écrasée par ce type. Regarde cette phrase : « me privant de la chaleur du berceau originel »…

— La page suivante… Oui, on dirait le même style de poèmes que ceux qu'on a trouvés à la salle des fêtes. Merde ! Il y en a six. Il y a donc une victime de plus que l'on ne connaît pas encore.

La radio grésilla.

— Patron… Ici Sédard.

— J'écoute.

— Vous avez demandé aux impôts locaux un plan détaillé. Le coursier est là.

— Envoyez, Sédard !

Le coursier, en l'occurrence une très jolie fille, fit son apparition quelques minutes plus tard.

— Je suis désolée. Nous avons pris beaucoup de retard. En principe tout est archivé sur ordinateur, mais il y a eu un bug.

— Quel genre ?

— Cette maison était introuvable. Son propriétaire n'a pas payé d'impôts locaux depuis deux ans. Nous n'avions ni nom ni descriptif depuis 1998. Elle n'est tout simplement pas répertoriée. Alors, il a fallu visiter les archives papier. Voici ce que j'ai pu trouver : propriétaire Alfred Duteilleul.

— Il n'a pas déclaré le rachat de la maison au fisc et s'est arrangé pour la faire disparaître des listes officielles. Il est fort ! Vous avez les plans ?

La jeune femme étala des plans d'architecte sur l'immense table en chêne.

— Remarque, vu les travaux qu'il a réalisés, je comprends qu'il n'ait pas eu envie que les impôts s'en mêlent !

Le plan présentait un ancien bâtiment qui n'avait pas grand-chose à voir avec la résidence secondaire de luxe dans laquelle ils se trouvaient. Jumet tourna la première feuille, jeta un œil au plan du grenier et constata qu'il y avait un troisième feuillet.

— Qu'est-ce que c'est que ça ?

— Oh ! Cela ne compte plus. En informatique, on ne l'aurait même pas entré. Regardez, il y a le cachet « annulé » en travers.

— Je vois bien. Mais ce couloir, cette pièce, où sont-ils ?

— Au sous-sol, je suppose. Ils ont certainement été comblés sinon il n'y aurait pas ce cachet. Voyez cette annotation « 52 01 A ANAT ». Cela signifie que c'était un abri antiatomique construit en janvier 1952. Le propriétaire de l'époque avait dû avoir peur d'Hiroshima. Il a préféré se montrer prudent.

Jumet et Bricart avaient compris.

— C'est là qu'il se terre. Il faut trouver l'entrée.

Bricart rappela ses hommes. Tous se retrouvèrent au pied de la roue, dans le chahut causé par le débit du fleuve. Bricart expliqua ce qu'il attendait, puis ils se mirent à sonder les murs méthodiquement, pendant que deux autres policiers allaient interroger les voisins sur le mystérieux abri.

****

J'avais frappé de toutes mes forces. L'appareil craqua tandis qu'Hanwi poussait un cri de rage :

— Espèce de garce !

L'extinction de la lumière nous surprit autant l'un que l'autre. Pendant une seconde, le temps s'arrêta.

Je sentis qu'il cherchait à m'agripper le poignet. Je relevai le bras et lui assenai un second coup au jugé. J'y mis toute la puissance de mon désespoir qui était grand. Cette fois, le Canon se disloqua dans ma main. Je lâchai le tout et me précipitai en direction de la porte. Derrière moi, il n'y avait pas un son. Cela m'encouragea dans ma fuite. Me déplaçant à tâtons dans l'obscurité, j'arrivai sur un mur lisse. La porte devait se trouver légèrement sur la gauche. Comme une aveugle, je longeai la paroi et arrivai sur ce que j'identifiai comme la vitrine. Je la fis basculer derrière moi. Elle s'écroula avec un vacarme de verre brisé, suivi d'un juron caractérisé. Ainsi, il était juste derrière moi. Il se déplaçait dans le noir avec une facilité déconcertante alors que j'avançais péniblement. Enfin, je sentis le chambranle de la porte sous mes doigts. L'air frais du couloir cravacha mes espoirs. À droite, la mine. À éviter sous peine d'un plongeon fatal. Je partis sur la gauche. Sous mes doigts le mur gorgé de salpêtre se désintégrait en particules friables. Je trébuchai sur une marche. La consistance du mur changea. C'était maintenant de la pierre sèche et saine. Je devais sans doute longer la maison d'habitation qui, par son chauffage, assainissait les murs. C'était de bon augure. Si j'étais au niveau de la maison, je devais pouvoir trouver le système qui me permettrait d'y entrer. Je cherchai fébrilement une poignée, un bouton, n'importe quoi susceptible d'activer un mécanisme quelconque. Soudain j'interrompis mes investigations. Un bruit bizarre me parvenait d'un peu plus loin. J'avançais prudemment cette fois, tout en jetant un coup d'œil inquiet derrière moi. L'obscurité était totale. Je n'y voyais rien, je n'entendais rien non plus. Pas de pas ou de respiration à ma poursuite. Cela me rassura un peu, ce qui me permit de concentrer ma progression vers le martèlement qui ressemblait à un appel de la liberté. On aurait dit que quelqu'un donnait des coups de marteau. Les coups avaient de multiples échos. Je compris soudain : on sondait les murs. Quelqu'un de l'autre côté était à la recherche du passage. Peut-être même à MA recherche. Je me précipitai en avant en tambourinant le mur. J'appelai de toute la puissance de ma voix :

— Je suis là. Jumet ! Bricart ! Par ici !

Ensuite, les choses se passèrent à une vitesse qui dépassa mon entendement. Dans un grincement, le mur pivota et j'entrevis le sourire triomphant de Jumet qui, à l'instant, se transforma en masque de colère. Simultanément, mes poignets se trouvèrent prisonniers de deux pinces humaines déployant une force peu commune. Hanwi me ramena les mains derrière le dos. Je sentis son souffle chaud dans mon cou. Il contrastait avec le froid glacial de la lame de verre qu'il appliquait contre ma carotide. Un morceau de la vitrine était devenu un vrai poignard : je sentais déjà le sang perler au contact de la pointe acérée.

— Écartez-vous !

L'ordre avait claqué. Le ton ne laissait pas la place au doute. Il passait ou me saignait. Bricart eut un geste d'apaisement envers ses hommes qui, d'un seul geste, avaient porté leur main à la ceinture, prêts à dégainer.

— On va passer. Je vais prendre une voiture. Si vous essayez de m'arrêter, elle est morte.

Il m'entraîna vaille que vaille le long d'une roue à eau sous l'œil meurtrier des deux policiers.

J'essayai de résister, mais lorsque mes pieds se faisaient trop traînants la pointe de verre s'enfonçait. Je sentais déjà un filet chaud couler le long de mon cou et mouiller mes seins. Je n'avais pas le choix.

Nous sortîmes. La nuit venait de tomber. Malgré les circonstances ou à cause d'elles, je remarquai que le ciel était magnifique. Il regorgeait d'étoiles qui rivalisaient d'éclat, plus brillantes les unes que les autres. La lune était sur l'horizon, juste levée. Un nuage passait sur le disque plein. L'air pur chargé des senteurs du soir m'emplit les poumons, m'apportant un bien-être que je n'avais pas connu depuis des heures.

Je sentais la présence des gendarmes dans notre dos. D'autres jaillirent devant nous. Un moteur se mit en marche au bout d'une allée qui devait mener à la route. Jumet essaya d'entamer un dialogue, mais Hanwi n'était pas décidé à se laisser endormir par de belles paroles. Nous avancions toujours. Les phares de la voiture étaient maintenant visibles. J'eus le sentiment que si je montais dans ce véhicule, je ne reverrais jamais les miens.

Puis tout bascula à nouveau. Un homme sortit d'un bosquet armé d'un fusil. J'enregistrai, comme si je vivais un rêve, son allure de Zorro non masqué, ses yeux chargés de l'éclat de la vengeance. Le coup partit alors que ces informations arrivaient à peine à mon cerveau. Touché en pleine tête, Hanwi s'écroula, enfonçant dans sa chute la lame dans ma gorge offerte. Sans un cri, je portai mes mains à mon cou avec l'espoir futile d'arrêter le geyser que je voyais s'échapper de mon corps. Le sol devint mou puis se déroba. Je plongeai dans un abîme de solitude glacée.

****

Une odeur de draps frais me caressa les narines. Je gardai les yeux fermés, par crainte que la douceur ambiante ne disparaisse au profit d'agressions dont je ne voulais pas me souvenir. La voix inquiète de mon mari charma mes oreilles.

— Laura ! Tu es réveillée ? Ne t'inquiète pas, ma chérie. Tout est fini. Tout va bien.

Je voulus tourner la tête vers l'être aimé, mais une douleur vive au niveau du cou me rappela à la crue réalité. Bien réveillée cette fois, j'ouvris les yeux. La simplicité de la chambre d'hôpital était compensée par une multitude de fleurs. Le soleil pénétrait par une fenêtre qui donnait sur un minuscule carré de pelouse. Au loin, je voyais passer les voitures sur la quatre-voies. J'ouvris la bouche et constatai que j'avais du mal à parler.

— Je veux savoir…

— Jumet est dans le couloir. Il va t'expliquer les détails de l'enquête. Ils m'ont appelé par radio dans l'hélico quand ce salopard t'a tranché la gorge. Heureusement, il n'a sectionné qu'un côté. Jumet a fait un point de compression, le temps que j'arrive. Je t'ai transportée immédiatement ici. Sans l'hélicoptère je ne suis pas certain que tu aurais pu t'en sortir. Tu saignais vraiment beaucoup. Jumet a comprimé tout le temps du transport. Ils t'ont amenée en chirurgie pour réparer les dégâts. Tu as quand même eu besoin d'une transfusion. Cela fait une nuit et une journée complète que tu es dans le cirage. Bienvenue, ma chérie. Je n'imagine pas la vie sans toi.

Ces nouvelles et ces mots d'amour firent que mes yeux se remplirent de larmes.

— Est-ce qu'il… est mort ?

— Oui. Sur le coup. La tête éclatée.

Mon mari fit entrer Jumet. Il me fit un chaste baiser sur le front.

— Salut, Laura. Content de vous revoir.

J'esquissai un vague sourire.

— Merci pour tout.

— Vous sentez-vous assez forte pour connaître les détails ou voulez-vous que je repasse un peu plus tard ?

— Je veux savoir. Cela m'aidera dans ma convalescence.

— Je ne vous raconterai pas votre enlèvement. Ce sera plutôt à vous de me donner les détails. Sachez que Georges Lemarchand, chirurgien esthétique de son état, a installé le cadavre de la petite Lopez dans votre lit. Comme je m'inquiétais de votre retard au boulot, nous nous sommes rendus sur place avec Bricart. La police scientifique a trouvé votre bloc-notes. Elle en a extrait l'information « maison sur rivière ? ». D'autre part, France Télécom a pu situer assez précisément l'endroit d'où l'on vous avait téléphoné à quatre heures dix-sept. Je vous passe les détails. En l'occurrence, c'est ce qui nous a permis de situer le moulin. Seulement, il n'y avait rien à l'intérieur. Il a fallu le plan des impôts servant à établir la taxe d'habitation pour découvrir le sous-sol. Nous ne trouvions aucun moyen d'y pénétrer. C'est un voisin de 91 ans, un copain de celui qui avait construit l'abri, qui nous a livré le secret : il fallait inverser le sens de la roue pendant un tour grâce à un puissant moteur. Le mur a basculé et vous étiez derrière.

— Vous ne m'avez pas entendue appeler ?

— Rien. L'abri est bien isolé. Les victimes pouvaient toujours crier…

— Pourtant je vous entendais frapper.

— Sans doute parce que les marteaux frappaient directement la pierre. Vous ne nous avez pas entendus discuter ?

— Non. Pourquoi l'avoir abattu ?

— Nous n'y sommes pour rien. Vous pensez bien que nous n'aurions pas pris ce risque tant que vous aviez la lame sur la gorge.

— Qui alors ?

— Le père de la petite Lopez. Il voulait venger sa fille. Il estime que la justice se serait contentée de l'enfermer dans un asile où il aurait mené une vie facile avant d'être libéré d'ici quelques années.

— Il n'a peut-être pas tort…

— Il vaut mieux garder cette opinion pour vous, Laura. En attendant, Georges Lemarchand ne massacrera plus personne. Nous avons une sixième victime : une touriste hollandaise disparue à Paris il y a deux ans. Nous l'avons retrouvée dans une cave à charbon, extrêmement bien conservée. Il l'avait momifiée. Vous saviez qu'il était poète à ses heures. Il nous a fait parvenir le poème vous concernant, sur une peau qu'il avait découpée sur le dos de cette touriste. L'encre était le sang de la petite Lopez.

— Il aurait fini anthropophage. C'était la suite logique de son évolution.

Je sentais mes yeux se fermer. J'avais besoin de dormir.

— Au fait, il s'appelait Hanwi. Son totem était la lune.

****

REMERCIEMENTS

Un grand merci à mes premiers lecteurs et correcteurs, Daniel Mousselet, Sylvie Jouny et Christine Duteurtre.

Merci à toute l'équipe de Pocket et en particulier à Bénédicte Gimenez et Perrine Brehon pour tout le travail effectué autour de ce livre. Sans vous, ce ne serait pas pareil.

Merci enfin à tous mes lecteurs et aux libraires sans qui rien ne serait possible.

À très vite pour une nouvelle enquête de Laura Claes.

Cet ouvrage a été composé et mis en page
par PCA, 44400 Rezé

Imprimé en France par
CPI Brodard & Taupin
en avril 2025
N° d'impression : 3060269

Pocket – 92 avenue de France, 75013 PARIS

S35183/01